W0469872

Der Ariadnefaden:

Christine Lehmanns kluger Sprachwitz hat Lisa Nerz zum Kult gemacht. Die Figur hat es in sich: Lisa Nerz durchkreuzt Erwartungen, überschreitet Grenzen, passt nicht in bereitstehende Schubladen. Was sie antreibt, ist Gier nach Wahrheit. Als weitgehend tugendfreie Frau sägt Lisa Nerz an dem glatten Schattendasein in der modernen ›weiblichen‹ Warenwelt. *Notorisch Nerz*, das heißt, dass Illusionen zerplatzen und Vorurteile auf der Strecke bleiben. Und doch gibt es immer etwas zu lachen, denn Lisas Frechheit erfrischt den Geist und das Gemüt.

Hier zeigt sich Lisa Nerz in acht Kurzkrimis von verschiedenen Seiten: Mal streift sie mit ihrem Lebensabschnittgefährten Staatsanwalt Weber in illustren Kreisen umher, mal beobachtet sie den kriminellen Alltag ihrer Heimatmetropole Stuttgart. Die Geschichten sind Kostproben von einem Blick auf unsere Welt, der die Widersprüche sieht und das Leben schätzt. Eine Qualität, die das Genre Krimi erst richtig gut macht.

Else Laudan

»Christine Lehmann bietet alles, was eine vollendete Kriminalautorin besitzen muss: den liebevollen Blick fürs Detail, die unter einer Schicht Ironie versteckten, ergreifenden Milieuschilderungen, die ausgewogene Beschreibung der vollen sozialen Realität und den Verzicht auf simplifizierende Schwarz-Weiß-Kolorierung.« Stefan Schweizer, *literaturkritik.de*

»Christine Lehmanns unkonventionelle Ermittlerin Lisa Nerz – unabhängig, unerschrocken, penetrant – lässt sich in keine Schublade quetschen. Sie sieht genau hin, legt den Finger in die Wunde und bohrt nach, hinterfragt nicht nur Verhältnisse und Beziehungen, Werte und Institutionen, sondern stets auch sich selbst.« Kirsten Reimers für *mord-und-buch.de*

Autorin

Dr. Christine Lehmann, geboren 1958, lebt in Stuttgart und Wangen (Allgäu) und arbeitet als Nachrichten- und Aktuellredakteurin beim SWR. Mit Lisa Nerz schuf sie eine provokante, überregional erfolgreiche Serienfigur. Sie schreibt außerdem Suspense-Romanzen, Kriminalhörspiele für den SWR (ARD Radio Tatort) sowie Glossen und Artikel für *Das Argument* und fürs *TitelMagazin*. Die Lisa Nerz-Serie wird fortgeführt.

Coverabbildung von Wolfgang Thiel: *1951 in Zweibrücken, lebt in Stuttgart, bestückt seit den 80ern Stadt und Land mit seinen quietschbunten Plastiken. War der Kunstlehrer der Autorin. Sein Thema ist der Mensch – meist Madonnen, Engel, Mannequins, Amazonen, Weibsbilder. www.atelier-thiel.de

Christine Lehmann

Notorisch Nerz

Acht Eskapaden mit Lisa Nerz

Ariadne Krimi 1181
Argument Verlag

Ariadne Kriminalromane
Herausgegeben von Else Laudan
www.ariadnekrimis.de

Christine Lehmann bei Ariadne:

Vergeltung am Degerloch (Ariadne Krimi 1165)
Gaisburger Schlachthof (Ariadne Krimi 1167)
Pferdekuss (Ariadne Krimi 1171)
Harte Schule (Ariadne Krimi 1157)
Höhlenangst (Ariadne Krimi 1161)
Allmachtsdackel (Ariadne Krimi 1169)
Nachtkrater (Ariadne Krimi 1173)
Mit Teufelsg'walt (Ariadne Krimi 1179)
Notorisch Nerz (Ariadne Krimi 1181)

Zusammen mit Manfred Büttner:
Von Arsen bis Zielfahndung – Das aktuelle Handbuch
für Krimiautorinnen und Neugierige

Deutsche Originalausgabe
Alle Rechte vorbehalten
© Argument Verlag 2010
Glashüttenstraße 28, 20357 Hamburg
Telefon 040/4018000 – Fax 040/40180020
www.argument.de
Umschlag: Martin Grundmann, unter Verwendung einer
Skulptur von Wolfgang Thiel
Satz: Iris Konopik
Druck und Bindung: CPI Moravia Books, Pohorelice,
Printed in Czech Republic
Gedruckt auf säure- und chlorfreiem Papier
ISBN 978-3-86754-181-7
Erste Auflage 2010

Inhalt

Rotkuss

»Wein und Frauen, das passt halt einfach nicht zusammen, Lisa«, sagte Richard.

»Und Wein, Weib und Gesang? ›O küsst und trinkt!/ Die Freude winkt!/ Kuss und Wein,/ Wein und Kuss –/ Wonneverein!/ Wonnegenuss!‹« Ich vollendete meinen Krawattenknoten. »Eine leere Flasche, eine tote Frau.«

Richard zupfte sich unbehaglich an seinen mit Platinknöpfen bestückten Manschetten. »Dass es am Wein lag, ist keineswegs erwiesen.« Er war empfindlich, wenn es um den plötzlichen Tod ging. Deshalb war er auch nicht Staatsanwalt für Tötungsdelikte, sondern für Wirtschaftsstrafsachen. Immer elegant in cognacfarbenem Dreiteiler, sparsam im Temperament, aber nachhaltig im Abgang. In seinen asymmetrischen braunen Augen kreiselte eine pietistisch munitionierte Rachsucht, die er in Rechtsstaatlichkeit ummünzte.

Omnia vincit vinum lautete der Wahlspruch der Weinbruderschaft Hohenlohe, die an diesem Samstag zur Kapitelsitzung und Verkostung nach Ingelfingen bei Künzelsau geladen hatte. *Der Wein besiegt alles.*

Darum hatte ich mit ziemlich korkigen Methoden darauf bestanden, dass Richard mich mitnahm. »Sonst gebe ich der

Presse einen Tipp. Wenn eine Frau am Kuss ihres Mannes stirbt, nachdem er den Wein eines Landtagsabgeordneten getrunken hat, dann ist das durchaus eine Geschichte mit Bouquet, Richard!«

»Aber bei der Degustation sind Damen nicht zugelassen, Lisa.«

»Bin ich etwa eine Dame?«

Richard schmunzelte. »Aber wenn du auffliegst, dann verleugne ich dich und werfe dich eigenhändig raus!«

Ich nahm Schlüssel und Leine und klemmte mir Cipión unter den Arm. Der junge Dackel neigte dazu, das Treppenhaus so überstürzt hinunterzusausen, dass sein Hinterteil seinen Dickschädel überholte und er unten als jaulende Raufellkugel endete.

»Im alten Rom zu Catos Zeiten«, belehrte mich Oberstaatsanwalt Dr. Richard Weber, während wir in seinem diplomatisch dunklen Mercedes auf der Autobahn von Stuttgart nach Künzelsau rasten, »war es Frauen bei Todesstrafe verboten, Wein zu trinken. Daher der Kuss unter Familienmitgliedern. So konnte der Mann überprüfen, ob seine Frau Wein getrunken hatte. Hatte sie, konnte er sie verstoßen oder totprügeln.«

»In unserem Fall hat schon der Kuss gereicht«, bemerkte ich.

Vor nicht ganz einer Woche hatte sich in der *Blauen Traube* in Wangen im Allgäu ein Mann mit seiner Frau zum Diner niedergesetzt, um den zwanzigsten Hochzeitstag zu feiern. Es gab Fisch, Rindfleisch, Salat und Tiramisu, alles eigenhändig vom Koch aus ausschließlich frischen Zutaten zubereitet. Sie hatte sich an Wasser gehalten, ihm hatte man einen Rotkuss 2003 empfohlen, einen im Barrique gereiften Blauen Spätburgunder aus Erzeugerabfüllung des Weinguts Zoll in

Ingelfingen. Vor dem Nachtisch hatte er seine Frau im Überschwang der Liebe geküsst. Nach dem Nachtisch war sie krabbenrot geworden und hatte begonnen nach Luft zu schnappen. Als der Mann zum Zahlen rief, war ihr Gesicht bereits zum Kürbis angeschwollen. Er hatte das Wechselgeld noch nicht in der Hand, da kippte sie vom Stuhl, fiel ins Koma und verstarb an einem allergischen Schock.

»Eine Aspirinallergie war bei ihr bekannt«, erklärte Richard. »Der Wein hat aber nur Sulfite enthalten, deklariert auf dem Etikett. Geschwefelten Senf, Meerrettich und Trockenfrüchte hat die Frau bis dato gut vertragen. Und andere Zusätze enthält ein amtlich geprüfter Qualitätswein nicht.«

»Na ja, die amtliche Prüfung ist doch nur eine sensorische, sprich: Geruch, Geschmack und Harmonie. Und was im Herbst- und Kellerbuch steht, das hat der Winzer selbst in der Hand, wie bei einer Steuererklärung.«

»Die Weinkontrolleure unserer Lebensmittelüberwachung sind auch nicht naiv, Lisa. Außerdem ziehen sie Proben für eine chemische Analyse. Und Armin Zoll wird genauso oft unangemeldet überprüft wie alle anderen.«

»Bist du sicher?«

»Ich weiß, dass letzten Herbst einer da war. Eine Sonderbehandlung als Landtagsabgeordneter wäre Armins Todesurteil als Wengerter. Und das weiß er auch. Das Gut befindet sich seit fünf Generationen im Besitz der Familie Zoll. Und den Armin kenne ich seit bald zwanzig Jahren.«

Das war Politik. Das verstand ich ohnehin nicht. Auch nicht Richards Weigerung zuzugeben, dass er wieder einmal in heikler Mission unterwegs war, weil ein Würdenträger des Landes ins Gerüchle gekommen war, die Gesetze ein wenig zu sehr nach eigenem Gutdünken ausgelegt zu haben. Ich war mir sicher, dass Richard mehr wusste, als er mir sagte. Warum sonst fuhr er zur Kapitelsitzung einer Weinbruderschaft mit anschließender Verkostung ins Hohenlohische? Und vor allem, warum erlaubte er mir, ihn zu begleiten, und das im Mummenschanz?

Der Landtagsabgeordnete Armin Zoll hatte Gütle und Wahlkreis an der Württemberger Weinstraße in der Großlage Kocherberg. Außerdem war er Ordenskellermeister der Weinbruderschaft Hohenlohe, deren Ordensrat sich aus örtlichen Industriellen, Politikern und Weinkennern zusammensetzte. Mehr oder weniger zufällig genoss mein Oberstaatsanwalt aus Stuttgart dort Gastrecht als Legat der Weinbruderschaft Württemberg. Und das, obgleich Richard seit ungefähr zwanzig Jahren keinen Tropfen Alkohol mehr anrührte, von ein paar Entgleisungen abgesehen, an denen unter anderem ich schuld gewesen war. Richard war Krisentrinker oder das, was man einen trockenen Alkoholiker nannte. Eine alte Kriegsverletzung aus seiner Jugend. Deshalb blieb er Ordenszeremonien mit anschließender Degustation gewöhnlich fern.

»Nicht nur der Schwefel im Wein kann Allergien auslösen«, erklärte ich als Spezialistin meiner eigenen allergischen Eskapaden, »sondern auch der Konservierungsstoff Sorbinsäure. Nicht zu vergessen die Histamine, die der Wein selbst enthält, den Alarmstoff unserer biologischen Kampfmaschinerie.«

»Dafür kann Armin nichts«, entgegnete Richard. »Das ist das normale Lebensrisiko für Allergiker.« Unerschütterlich kurvte er seinen noblen Wagen durch Wald und Klamm.

Künzelsau kam mir vor wie Stuttgart in Miniformat. Es lag im Kessel zwischen herbstlich rot gefärbten Hängen. Richards Navigator befahl uns seitlich am Stadtkern vorbei in ein enges Seitental, in dem am Kocher Ingelfingen hockte, ein ehemaliges Residenzstädtchen in einem altehrwürdigen Weinbaugebiet.

»Und du spielst heute Abend nicht den Weinpolizisten!«, warnte mich Richard, während er seinen Mercedes auf den Parkplatz vorm *Schloss-Hotel Ingelfingen* lenkte. »Ich habe dich nur mitgenommen, weil du meintest, du müsstest aufpassen, dass ich mich nicht betrinke. Klar?«

»Klar.«

Cipión hob, kaum standen wir, auf meinem Schoß den Kopf, gähnte und schüttelte die Schlappohren.

Für die Kapitelsitzung, die der Verkostung und dem Diner vorausging, war die Parkstube des Hotels reserviert und mit Fahne, Wappen und Wahlspruch ausstaffiert. Das Kapitel bestand aus zehn bäuchigen und überwiegend bärtigen Männern.

»Ich habe einen … nun … Freund mitgebracht«, erklärte Richard mein Erscheinen mit Dackel. »Darf ich vorstellen: Herr Nerz.«

Ich schüttelte den Herren die Hände. Armin Zoll war ein Kleiner mit grauem Igelhaarschnitt. Der Säckelmeister wiederum hatte seinen Schnauzbart zu Antennen gezwirbelt. Der Ordensmeister prüfte meine Narbe im Gesicht – schlagende Verbindung oder nicht? –, zerquetschte mir die Hand und sagte: »Junge Zungen sind uns stets willkommen, Herr Nerz. Wir sind gespannt auf Ihr Urteil.«

Das war ich auch, denn ich trank sonst nur Pils oder Tequila.

Unnötig zu sagen, dass ich an der Kapitelsitzung nicht teilnehmen durfte. Zum Weinritter wurde man nur auf Empfehlung und nach einer Reihe geheimnisvoller Prüfungen geschlagen. Und dann war man noch lange nicht Amtmann oder Ratsherr.

Ich rauchte auf dem Hotelzimmer eine Zigarette, was Cipión zu Niesanfällen provozierte, und beschloss, nicht herumzusitzen. Glücklicherweise konnte ich einen Kellner, der Wasser ins Sitzungszimmer trug, bewegen, Richard den Autoschlüssel abzunehmen, bevor sich die Tür endgültig zu Kassenbericht und Geheimritualen schloss, und fuhr hinaus ins Tal.

Die Nachmittagssonne feierte Herbst in den goldenen Rebenhängen am Schwemmkegel. Ich weidete die Augen an der Farbenpracht und überließ es Richards despotischem Navigator, mich zu Zolls Kellerei zu führen. Wo sie genau lag, habe ich deshalb nicht mitbekommen.

Dass schwäbische Diminutive nicht der Verkleinerung, sondern der Bescheidenheit dienten, zeigte sich am Gütle des Landtagsabgeordneten, das den Rahmen eines Familienbetriebs eindeutig sprengte. Es war eine gebäudereiche Kelter mit Verkauf, Restauration und Parkplatz. Eben versammelte sich ein kleines Grüppchen in Windjacken und Wanderstiefeln zur Kellerführung bei einem jungen Mann in Pullover und Jeans mit dem Aroma bacchantischer Inbrunst in dunklen Augen.

»Ich darf Sie ganz herzlich auf dem Weingut Zoll begrüßen. Mein Name ist Gernot Zoll …« Sein Blick fiel an mir herab. »Aber der Hund, der darf fei net mit nei.«

Ich zerrte Cipión zum Parkplatz zurück und band ihn an einem Pfosten der Parkplatzumfriedung fest.

In meinem smarten Anzug war ich eine Orchidee unter den Windjacken. Zoll Junior mochte mich für einen Düngemittelvertreter oder Spion chinesischer Produktpiraten halten, jedenfalls neigte er dazu, mich anzuschauen, als er im Keller vor beeindruckenden Mengen von Eichenfässern die önologischen Verfahren erläuterte. »Der Barriqueausbau ist teuer und aufwendig!«

Ich nickte unwillkürlich.

»Nur gerade gewachsene, über hundert Jahre alte Eichen sind geeignet. Das Holz wird nicht gesägt, sondern gespalten, damit keinerlei Holzstaub den Wein beeinträchtigt. Zwei bis drei Jahre reift das Holz bei Wind und Wetter. Dann kommt das Einbrennen, la Chauffe. Sie desinfiziert und vergrößert die Aromapalette des Weins. Nach der Chauffe wird das Fass mit Wasser gefüllt, damit der Rauchgeschmack nicht zu dominant wird. Dabei nimmt es eine gelbe Farbe an.«

Um mich herum nickten auch einige.

»Die Tannine im Eichenholz ergänzen die im Wein enthaltenen Tannine und verleihen ihm zusätzlich Struktur und Körper, etwa die samtige Vanille-Pfirsich-Nase oder eine kräftige Kirsch- oder Kaffeenote. Der Sauerstoffaustausch im Fass reduziert aber insgesamt die Tannine im Wein. Gerbstoffe machen den Wein übrigens nicht länger lagerfähig. Umgekehrt wird ein Schuh draus: Einen tanninreichen Wein sollte man länger in der Flasche reifen lassen, damit er seine gerbende Wirkung auf unsere Schleimhäute verliert.«

Aha-Gemurmel.

»Um Wein im Barrique zu vinifizieren, braucht es Geduld und Erfahrung. Wir lagern unsere Weine zwei Jahre im Fass. So ein Fass kostet bis zu 800 Euro. Und verwenden kann man es höchstens drei Mal. Danach taugt es nur noch als Regentonne.«

Ich lächelte.

»Jetzt wellet ja sogar die Franzose Eiche-Chips neme«, echauffierte sich ein Mann. »Wie stehet Sie dazu?«

Gernot war auf die Frage gefasst. »Deutschland führt schon seit Jahren amerikanischen Wein ein, der mit Oak-Chips ausgebaut wurde. Das Ergebnis ist dasselbe wie im Fassausbau, vorausgesetzt, der Wein lagert nicht in Stahltanks, sonst fehlt der Sauerstoff fürs Barriquearoma. Es ist auch viel billiger und nebenbei umweltschonender. Man braucht weniger Eichen. Zum Vergleich: Der Ausbau im Fass kostet 89 Cent pro Liter, der mit Chips nur 3 Cent. In der Forschungsanstalt Geisenheim hat man einen Lemberger mit Chips ausgebaut. Die Prüfer haben die Variante mit 200 Gramm pro Hektoliter als aromabeste bewertet und die höchste Punktzahl vergeben.«

Ich nickte, als hätte ich zu den Prüfern gehört.

Gernots Blick lutschte an mir. »Wenn in Deutschland der Barriqueausbau mit Chips zugelassen wäre, könnten wir unsere Fässer hier länger verwenden. Mittelfristig werden wir der Konkurrenz aus den USA und Australien nur standhalten können, wenn wir unsere Produktion kostengünstiger gestalten. Oder wir müssen unsere traditionellen Verfahren auf dem Etikett kenntlich machen dürfen. Aber das gilt momentan noch als Werbung mit einer Selbstverständlichkeit.«

Man nahm den nahen Weltuntergang traurig nickend zur Kenntnis.

Die Führung endete im Laden, wo ausgediente Barriques als Tische herumstanden. Ich fragte nach dem 2003er Rotkuss. Die Verkäuferin beschied mir lächelnd, von dem habe man keine Flasche mehr. »Sonscht hättet mir ebbes falsch gmacht.«

»Wenn Sie dafür den hier mal probieren wollen«, mischte sich Gernot ein und zeigte mir eine Flasche mit beigefarbenem Etikett und dem zorrozackigen Z. »Im Glas zeigt er tiefstes Rubin mit Reflexen von Ziegelrot, im Bouquet ein reichhaltiges Aromenspektrum von reifen dunklen Früchten bis zu gebackenen Pflaumen, Rosinen und Schokolade. Der Gaumen ausladend, generös die feinen Tannine, die Süße feminin«, er lächelte, »unterstrichen von einer eleganten Zartbitternuance.«

Ich lächelte auch.

»Und im Abgang baut er noch einmal an Intensität auf mit seinen Aromen von Mokka, Kardamom und dunkler Schokolade.« Schokolade dampfte auch in den Augen des jungen Winzers. »Möchten Sie probieren?«

»Danke«, sagte ich, »lieber nicht. Ich habe im *Schloss-Hotel Ingelfingen* noch eine Weinprobe vor mir.«

»Bei den Weinbrüdern?« Gernots Blick tendierte nach unten oder vielmehr mittig unter den Saum meines Jacketts, ehe er mir in die Augen schmeichelte. »Dann sehen wir uns gleich wieder. Ich werde extra für Sie diese Flasche mitbringen.«

Mir schrumpelte der vorgetäuschte Schwanz.

Als ich zum Parkplatz zurückkehrte, war Cipión weg. Ich löste die schlaffe Leine mit dem leeren Halsband, brüllte »Cipión!«, stapfte auf den Hof zurück und lief gleich wieder in Gernots Saugnapfblick.

»Thipionn«, lispelte er. »Komischer Name für einen Hund.«

»Nach einem der beiden sprechenden Hunde von Cervantes. Berganza heißt der andere. Aber leider spricht mein Cipión nicht. Er bellt nicht mal! Vermutlich traumatisiert. Er ist als junger Hund in eine Schachthöhle gefallen, aus der ich ihn gerettet habe. Aber er ist und bleibt ein Ausreißer.«

»Wahrscheinlich ist er bei den Abfallcontainern.« Gernots Blick fraß sich erwartungsvoll an mir fest. Es war nicht mehr aufzuhalten.

»Ich heiße Nerz«, sagte ich schicksalsergeben. »Und für besondere Freunde …«, ich zwinkerte, »Lisa.«

»Freut mich!« Gernot lächelte fruchtig – sofort trinkreif – und reichte mir die Hand. Sein Daumen züngelte in meiner Handfläche. »Gernot, aber das weißt du ja schon.«

»Und wo sind die Abfallcontainer?«

Wir umrundeten das Restaurant und stießen auf eine Batterie von Containern mit halboffenen Mäulern, aus denen

Weinkartons, Plastikverpackungen von Würsten und Eisbeinen aus den Gefriertruhen quollen.

»Und wie wollt ihr das schaffen?«, erkundigte ich mich. »Euch gegen die billigen Edelweine aus den USA zu behaupten, wenn es mit der Werbung für die deutsche Wertarbeit auf dem Etikett nicht geht?«

»Gar nicht«, fatalisierte Gernot. »In Australien rechnet man mit fünfzig Arbeitsstunden pro Hektar im Jahr, inklusive Lese. In Deutschland braucht man mehr als achthundert Stunden, in steilen Lagen dreitausend. Wenn wir mithalten wollen, brauchen wir neue Bewässerungs- und Reberziehungssysteme und eine maschinelle Lese. Auch für Steillagen.«

Wir passierten hinten herum Remisen mit Traktoren, Laubsauger, Pfahlramme, Laubkreisel, Laubhefter, Vorschneider und Traubenvollernter. »Aber ihr habt doch Maschinen.«

»Mein Vater ist für jeden technischen Schnickschnack offen!« Gernots Stimme hatte einen bitteren Abgang. »Aber in unseren Hanglagen gehen nur Sitzgrubber und Pendelschare.«

Das klang wie Minne. »Wer von euch beiden ist denn nun der Modernisierer, dein Vater oder du?«, fragte ich verwirrt.

»Das kommt darauf an, was man für zeitgemäß hält. Ich persönlich glaube, dass unser Weingut nur überlebt, wenn wir auf ökologischen Anbau umstellen. Ganz konsequent. Und ohne auf die Schleuderkegelkolonne zu schielen.«

Ich verkniff mir das »Bitte was?«.

»Damit«, erklärte Gernot, »könnte man zwar jeden Wein fraktionieren und neu komponieren, aber nur theoretisch. In Kalifornien benutzt man die Schleuderkegelkolonne derzeit nur dazu, den Alkohol zu reduzieren. Die haben halt zu viel Sonne dort. Bis zum Kunstwein ist es noch weit. In Geisenheim hat man auch mit der Schleuderkegelkolonne Versuche gemacht. Das Gerät kostet übrigens einige Hunderttausend Euro. Man hat einen Spätburgunder Weißherbst entaromatisiert und entalkoholisiert. Dann hat man die Komponenten Aroma, Alkohol und Wein ohne Aroma und ohne Alkohol neu zusammengesetzt. Aber das Ergebnis war mäßig. Der Wein schmeckt … wie soll ich sagen …« Gernot fingerte mit seinem Blick die Kerben ab, die einst eine berstende Windschutzscheibe in meine mimischen Weichteile geschlagen hatte.

»Zerrupft«, schlug ich vor. »Vernarbt? Cipión! Verdammtes Vieh. Er gehorcht nur meinem Freund. Aber der sitzt für die Bruderschaft Württemberg in der Kapitelsitzung.«

»Etwa Dr. Weber?«, fragte Gernot rasch und ein wenig säuerlich. »Der Staatsanwalt? Tja, ein gutaussehender Mann. Aber nicht mehr der Jüngste.«

Von Angst oder Sorge keine Spur, obgleich wir an der Halle mit den Säcken und Tonnen angelangt waren: Boden- und Blattherbizide, Wuchsstoffe, Photosynthesehemmstoffe, damit der Wein nicht zu süß wurde, Zucker, für den Fall, dass die Süße fehlte, Rizinusschrot, Mineraldünger, Fungizide gegen Rotschimmel und Edelfäule, Schwefel und Kupfer gegen Mehltau, Insektizide gegen den Traubenwickler. Sicherlich alles legal, denn Gernot blieb ruhig.

»Tja, solange die Chemie stimmt«, bemerkte ich.

»Es geht auch anders«, säuselte Gernot. »Den Springwurm kann man nur mit Pheromonen bekämpfen. Man nennt es Verwirrungsmethode. Der Sexualduftstoff der Springwurmfalterweibchen wird im ganzen Weinberg ausgebracht. Das verwirrt die Männchen so, dass sie ihre Weibchen nicht mehr finden.«

Ich sorgte dafür, dass ich unten herum aus dem Aktionsbereich von Gernots Springwurmfingern kam.

»Aber Papa mag das nicht.« In Gernots Schokoaugen stieg der Kakaoanteil auf siebzig Prozent. »Was ein rechter Mann ist, der schwingt die chemische Keule. Verstehst du?«

Ich verstand nur zu gut. »Cipión!«, rief ich und lief weiter. »Ah, da ist er ja, der Schlawiner!«

Von meinem Dackel waren in einem Haufen alter Pfähle, Weinkisten und Bretter nur das Hinterteil und eine freudig wedelnde Rute sichtbar. Ich zog ihn am Schwanz unter einer Kiste hervor, was den Holzhang darüber ins Rutschen brachte. Cipión würgte hastig. Der Schwanz einer Maus verschwand unter seinem Rauhaarbart. Gernot warf die herabgerutschten Latten auf den Holzberg zurück. Aber auch dieser Müll enthielt keine Hinweise auf eine großangelegte Panscherei.

Ich knüpfte meinen kleinen Schnüffler wieder an die Leine. Er warf sich sofort ins Halsband und begann zu röcheln, während ich mich meinem Begleiter mit den Beerenlippen zuwandte. »Also vielen Dank, Gernot, und ...«, ich legte Timbre in meine Stimme, »bis später.«

»Ja, bis gleich. Ich muss mich nur noch«, er blickte an sich hinunter bis zu seiner Männlichkeit, »ein bisschen in Schale werfen.«

»In vino veritas!«, zwinkerte ich, hob die Hand, zackelte winkend mit den Fingern überm Kopf und wackelte im Gehen ein wenig mit meinem Hintern.

Richard stand vorm Hotel und rauchte. Ich gab ihm den Autoschlüssel zurück, während Cipión an ihm hochsprang und graue Matschpfoten auf dem cognacfarbenen Tuch hinterließ. Aber bei Richard durften kleine Hunde und kleine Kinder alles.

Er wirkte etwas angespannt um die Augen. »Stell dir das nicht zu leicht vor!«, warnte er mich zum wiederholten Mal.

»Die Weinbrüder kannst du nicht verarschen. Auch wenn du seit Tagen Vokabeln lernst.«

»Und was macht dir mehr Sorgen? Dass ich mich blamiere oder dich?«

Er lächelte. »Du kannst mich nicht blamieren, Lisa. Was auch immer du anstellst.«

Dafür hätte ich ihm gern einen Kuss auf die Lippen gedrückt, aber das war unter den Augen der Hotelfenster riskant. Und bis wir in unserem Zimmer waren, war mein Anflug verflogen. Wir ließen Cipión oben.

Weinprobe ist, wenn alle die Nasen in die Gläser hängen und schlürfen, Flüssigkeit durch die Backen strudeln, schmatzen und Geräusche von sich geben, die man in einem feinen Restaurant nicht hören lässt. Alles noch aus Zeiten, da man sich als Affe auf die Brust trommelte und Krach Macht bedeutete.

Armin Zoll machte den Mundschenk. Er war ein drahtiger Mann mit einer gewissen, im Weinberg trainierten Hupfgummienergie in den Knien. Seine Hand zitterte nicht, wenn er einschenkte. Dabei schubste er seinen dunkeläugigen Sohn in den Hintergrund, wo er sich verflüchtigte wie Aromen unter Vakuumdruck aus dem Flüssigkeitsfilm in der Schleuderkegelkolonne. Übrig blieb der Vater ohne Sohn, dessen Fragmente sich dann neben mir wieder zusammensetzten.

Richard saß mir gegenüber.

Links und rechts am Tisch, dessen Teller ein Menü versprachen, das aber auf sich warten ließ, saßen die Herren Ordensbrüder und gurgelten und strudelten Tannine. Schon der erste Schluck Wein stieg mir zu Kopf. In Richards Augen trat ein verwegener Zug. Er gönnte sich einen zweiten Schluck in der falschen Gewissheit, die Sache mit dem Alkohol im Griff zu haben. Eine Grauburgunder Spätlese vom Kaiserstuhl.

»Ebbes süß«, murmelte der Säckelmeister mit dem gezwirbelten Schnauzbart neben Richard.

»Bisch du wohl still!«, zischelte der Ordensmeister auf Richards anderer Seite. »Wir wollen doch unseren jungen Freund nicht beeinflussen.«

Damit war ich gemeint. Zum Glück kam Aufschub mit einem Salat aus Sprossen, Rucola und Tomaten auf Allgäuer Emmentaler. Mit Richards Hilfe konnte ich nicht rechnen, denn er war noch zu verblüfft über das, was Alkohol in seinem Gehirn anrichtete.

Ich ließ einen zweiten Schluck in meinen Backen rollen und erklärte: »Ich bin ein bisschen allergisch auf zu viel Restsüße.«

Die Herren runzelten die Stirn.

Gernot tätschelte mir unterm Tisch das Knie.

Zum Lachs in Blätterteig gab es einen sonnigen Wein aus Südafrika, einen Buitenverwachting Sauvignon Blanc. Gernot soufflierte mir: »Aromatisch, fruchtig, sehr komplex mit lang anhaltendem Nachhall.«

»Gute Wahl zum Fisch!«, erklärte Richard gut gelaunt.

Der Tisch war zu groß, als dass ich ihm gegen das Schienbein hätte treten können.

»Und was wollt ihr machen, Armin«, erkundigte sich der Herr mit dem gezwirbelten Schnauzer, »jetzt, nachdem die Amerikaner Weinlimonade erlaubt haben und Brüssel das anerkannt hat. Zuckerwasser und Aromazusätze ohne Deklaration.«

»Das betrifft nur den Billigsektor«, antwortete Armin.

»Keineswegs!«, widersprach Gernot.

Sein Vater ignorierte ihn komplett und fuhr in seinem

Honoratiorenschwäbisch fort: »Des isch ja auch unsere Chance, gerade was die Diskussion über das Potenzial des Terroirs betrifft. Individualität, Authentizität und Qualität in Abgrenzung zum industriell gefertigten Kunstwein. Das isch ja nix Neues für uns! Es wird für beides einen Markt geben.«

»Kunstwein für die Säufer und Ingelfinger Hoher Berg für die Kulturelite«, bemerkte ich.

Richard zuckte zusammen.

»Es müsste halt nur auf dem Etikett stehen«, sagte einer der Herren.

Gernot lachte. »Da würde sich mancher deutsche Winzer aber umgucken. Schon die Deklaration der Sulfite hat uns nicht gefallen, erweckt es doch den Eindruck, es gebe gänzlich schwefelfreien Wein. Ich glaube, es gibt nur eine Handvoll Winzer, die eine Deklaration von Weinzusätzen auf dem Etikett wünschen können. Alle anderen werden sich freuen, dass die Amerikaner und Australier den Weg frei gemacht haben für Laborweine. Und wer will das schon aufs Etikett schreiben!«

Seine Augen zuckten zu seinem Vater hinüber, der im Gegenzug Verachtung in seinen Blick füllte. »So spricht unser Fachmann für falsche Etiketten!«

Gernot schnaubte.

Richard zog die Brauen zusammen und versuchte, seine ins Schleudern geratenen Verstandeskräfte zu sammeln. Ich hätte ihm gern gesteckt, dass es hier nicht um Schwefel ging, sondern um Vater und Sohn und um Homosexualität.

Zum Hauptgang kam der Château Lafite Rothschild 2003 Primeur. 96 Punkte, Platz 7 der Top 100 im *Wine Spectator* 2004. Natürlich gefiel es den Herren, dem Guru Parker hohenlohischen Eigensinn entgegenzusetzen. »Saftiges Ganzes«, urteilte der Zwirbelschnauzer. »Prächtiges Finale, aber ...«, er schnalzte mit Zunge und Lippen, »... der Cassis schlägt doch etwas durch. Was meinen Sie, Herr Nerz? Würden Sie vierhundert Euro für diese Flasche ausgeben?«

Nie! Ich brach Brot und kaute. Dann ein zweiter Schluck, wobei ich versuchte, Richard einen warnenden Blick zuzuwerfen, aber er war mit allen Sinnen im Vierhunderteurobouquet untergegangen. »Dieser Wein, meine Herren, ist zu groß für mich«, erklärte ich. »Dazu fehlt mir die Reife.«

Richard riss Blick und Nase aus dem Kelch und lachte.

Der Zwirbelschnauzer lächelte.

»Außerdem weiß ich nicht genau, was wir hier tun. Trinken wir Wein zum Essen oder degustieren wir ihn? Im ersten Fall ist Alkohol ganz schön zum Entspannen, was ihn im zweiten Fall zum Nachteil macht.«

Richard stellte sein Weinglas hin. »Frauen gehen ohnehin viel entspannter an Wein heran«, bemerkte er. Die allgemeine Verwunderung bemerkte er nicht. »Für sie ist er kein Statussymbol. Sie wählt den Wein, den sie trinken will. Eine Degustation ist für sie kein Wettkampf. Außerdem haben Frauen die feineren Geschmacksnerven.«

»Hört, hört!«, raunte der Tisch unter Fahnen und Wahlspruch. Omnia vincit vinum.

»Da mögen Sie nicht ganz unrecht haben, Herr Dr. Weber«, antwortete der Zwirbelschnauzer, »aber was weiblichen Degustatorinnen fehlt, ist die Entschlossenheit des Urteils. Sie haben Angst vor der Macht über den Markt, den ein Spitzendegustator wie Parker beispielsweise hat.«

»Dafür liegt in ihnen die Chance«, widersprach Richard mit vom Alkohol potenziertem Eigensinn, »eine Gegenbewegung zu den auffälligen und zurechtgemachten Weinen anzustoßen, die unserem Herrn Parker und seinem Gefolge so gefallen.«

»Da haben Sie recht«, rief Gernot überrascht. »Die Herren

der Schöpfung mögen's halt üppig ausgebaut, nicht nur beim Weib, sondern auch beim Wein. Dabei ist es eigentlich viel schöner, einen natürlichen Wein zu erforschen und die Umstände auszutüfteln, unter denen er uns höchsten Genuss verschafft.«

»Woher willsch'n du das wissen?«, grummelte sein Vater.

Gernot legte die Serviette hin und stand auf. »Ich bin gespannt, was Sie zu dem hier sagen.« Dabei blickte er nicht nur mich, sondern auch Richard an.

Armin Zoll runzelte die Stirn. »Aber du versaust uns jetzt nicht das Essen mit einem deiner kastrierten Ökoweine!«

»Keine Angst, Papa. Es ist ein Wein aus deinem eigenen Hause!«

»Das auch deines ist!«

»Wenn ich was zu sagen hätte, hättest du recht«, sagte Gernot fast zu ruhig. »Ich habe hier einen Rotkuss 2004er Blauburgunder Beerenauslese mitgebracht, über den ich gern das Urteil unserer Gäste gehört hätte.«

Ich begegnete Richards jäh entalkoholisiertem Blick aus asymmetrischen Augen. Währenddessen trugen die beiden Kellner den Nachtisch auf, eine Création au Chocolat.

»Für mich nicht, danke«, sagte Richard. »Wein und Schokolade, das ist Weiberkram.«

Gernot runzelte die Stirn, ich auch, denn selten rutschte meinem Staatsanwalt die Begrifflichkeit dermaßen ins Vulgärchauvinistische. Aber man durfte Richard nie unterschätzen.

»Dabei«, warf ein vollbärtiger Weinritter ein, »steckt auch hinterm Kakao eine alte Kultur. Die großen Chocolatiers lassen sich aus bestimmten Lagen ganz bestimmte Sorten liefern. Die aus Bohnen aus Java haben eine Zimtnote, die aus Kuba einen Rauchton, die aus Südamerika sind würzig. Und *Grand Cru* steht auch hier für eine besonders erlesene Qualität.«

»Und das Fruchtbouquet eines Rotweins«, sagte Gernot, während er einschenkte, »findet seinen geschmacklichen Gegenspieler in der feinen Herbe der Schokolade. Weiche Tannine, eine dichte vollmundige Struktur …«

»Ein trockener Lemberger, ein kraftvoller Dornfelder oder Regent«, schmatzte der Vollbartritter ergänzend.

»Oder ein Rotkuss«, sagte ich und hielt das Glas gegens Licht der Deckenlampen. Wie hatte Gernot mir vorhin den Wein beschrieben? »Tiefstes Rubin mit Reflexen von Ziegelrot.« Ich schwenkte den Kelch und hängte meine Nase hinein. »Reichhaltiges Aromenspektrum im Bouquet von reifen dunklen Früchten bis zu gebackenen Pflaumen, Rosinen und Schokolade.« Ich schlürfte Wellen in den Weinspiegel. »Der Gaumen ausladend, generös die feinen Tannine, die Süße feminin …«

Armin Zoll lachte dreckig.

Richard blickte ihn verwundert an. Dann wanderte sein Blick hinüber zu Gernot, dessen Augen mich anglänzten, und schließlich zu mir. Endlich hatte er's kapiert.

»Ein furioser Abgang«, schnalzte ich, »mit Aromen von Mokka, Kardamom und … igitt!« Mein Magen zuckte. »Saure Gurken! Bismarck-Hering! Widerlich!«

»Wie meinen Sie?«, erkundigte sich der Zwirbelschnauzer.

Ich spürte meinem Ekel nach. Er trieb mir den Schweiß aus den Poren und jagte ein Kribbeln über meinen Körper.

»Ist was mit dem Wein?«, fragte Gernot gespannt.

Ich atmete durch. Nur ruhig! Ein Schluck würde mich nicht umbringen.

»Meine Mutter«, erklärte ich den staunenden Rittern, »war ziemlich katholisch. Frühmesse, Totenmesse, Mitternachtsmesse, Kommunion natürlich, Beichte. Als Kind habe ich mich vor allem am Weihrauch berauscht. Aber im Katholischen wird jede Wollust zügig bestraft. Ich bekam Husten, Asthma und Hautausschläge. Immer nach der Kirche. Unser Dorfarzt war ratlos. Man kannte damals eigentlich nur Heuschnupfen. Und noch was wurde mir in meiner Kindheit zur Qual: saure Gurken, Rote Beete, Maiskölbchen, sauer eingelegter Fisch. Nur einen Versuch hat meine Mutter gemacht, mir Bismarck-Hering einzuprügeln. Das Ergebnis war Atemnot und Notarzt. Danach durfte ich selber entscheiden, was von dem konservierten Zeug ich esse. Was Weihrauch mit sauren Gurken zu tun hat, das wurde mir kürzlich klar, als ich erfuhr, dass man dem Weihrauch zuweilen das Harz des Benzoebaums zusetzt, weil man seinen Duft für wärmend und tröstend hält. Er ist menschlichen Pheromonen ähnlich. In Lebensmitteln findet sich eine synthetische Variante, die Benzoesäure, E210. Für mich hat sie einen süßlich-giftigen Vanilleabgang. Die Allergie, die sie auslöst, gehört zur selben Gruppe wie die Aspirinallergie.«

Richard hob seinen Rotkuss, zwinkerte mir zu und leerte das Glas in einem Zug.

»Herr Zoll«, sagte ich, »Ihr Wein enthält Benzoesäure.«

»Unsinn!«

»Sie kann in unserem Körper nicht abgebaut werden und belastet die Leber. Bei Katzen und Hunden wirken schon winzige Mengen tödlich. Sie haben Glück, dass ich kein ganzes Glas getrunken habe. Weniger Glück hatte leider vor einer knappen Woche eine Frau …«

»Hab ich's nicht gesagt?«, störte mich Richard im freien Flug durch den Triumph des Ermittlers. »Frauen haben einfach die besseren Geschmacksknospen.«

Ein Tritt vors Schienbein wäre dringend nötig gewesen.

»Das war's dann, Papa!«, sagte Gernot zufrieden.

Richard stand auf und griff nach der Karaffe, in welcher

der Rotkuss atmete. »Der Wein ist beschlagnahmt. Und alle Flaschen, die du noch hast, Armin.«

Der Abgeordnete ließ sich gegen die Rückenlehne fallen. »Das glaubst du doch nicht, Richard! Da hat mir jemand was untergejubelt.«

»Ha!«, lachte Gernot.

»Was wollt ihr denn?«, bäumte sich Armin auf. »Wer sind Sie überhaupt, Herr Nerz? Ein Polizist? Von Wein haben Sie jedenfalls keine Ahnung!«

»Herr Zoll«, polizistelte ich, »haben Sie Ihren Qualitätswein mit Benzoesäure versetzt?«

»Armin«, griff Richard ein, »ich würde dir empfehlen, nichts zu sagen. Du wirst zum geeigneten Zeitpunkt Gelegenheit erhalten, zu den Vorwürfen Stellung zu nehmen.«

Der alte Winzer blickte den Staatsanwalt fassungslos an. »Was für Vorwürfe denn? Wie lange kennen wir uns jetzt, Richard? Traust du mir wirklich zu, dass ich meinen Wein mit unerlaubten Zusätzen verschandle? Benzoesäure? Absurd! Wozu denn auch? Was täte mir das nützen?«

»Barriquearoma, Vanille!«, sagte ich hustend. »Geringere Lagerzeit, längere Verwendbarkeit der Fässer. Bargeld!« Krawatte und Kragen wurden mir plötzlich zu eng. Ich würgte. »Wenn Sie mich nun einen Moment entschuldigen würden …«

Ich stürzte hinaus. Nein, nicht bei den Damen rein, sondern bei den Herren. Auch dort gab es Waschbecken. Ich kühlte mir Gesicht und Handgelenke mit Wasser, warf ein Antihistamin ein, von dem ich in einem Anfall intuitiver Weitsicht ein Kärtchen in die Jackentasche gesteckt hatte, und trank in langen Zügen kaltes Wasser.

Als ich wieder hochkam, sah ich durch einen Schleier von Wasser Gernot in der Tür.

»Danke!«, sagte er. »Genial! Wenn du wüsstest, wie lange ich schon darauf warte, dass endlich einmal einer dieser famosen Weinkenner bei der Degustation darauf kommt. Die tun immer so, als schmeckten sie alles heraus. Aber nix schmecken sie, was man ihnen nicht vorher sagt. Du bist da anders! Du bist genial!«

Ehe ich »Hups!« sagen konnte, hatte er mich gegen den Handtuchspender geschoben und seine Weinbeerlippen auf meine gedrückt.

»He!«, knurrte es von der Tür her. Richard packte den Jungen, riss ihn herum und zentrierte ihm die Faust aufs Kinn.

Gernot japste und schlug der Länge nach unters Pissoir.

»Richard!«, staunte ich.

Er rieb sich verwundert die Fingerknöchel. Schmerz zuckte auf seinen Lippen, aber seine Augen funkelten. »Und wenn Sie meinem Mädchen noch einmal zu nahe kommen!« Zufrieden und mitleidlos schaute Richard zu, wie der Junge sich am Pissoir hochzog und auf wacklige Beine zurückstellte.

»Ganz ruhig, Richard!«, sagte ich. »Ist doch nix passiert. Die Schokobeere hat sich nur in der Adresse geirrt.«

»So?« Richard fuhr sich über die braunen Haare und versuchte sein revoltierendes Testosteron zu zügeln. »Trotzdem! Verdient hat er's. Er hat ein Menschenleben auf dem Gewissen.«

Selbstjustiz war sonst auch nicht Richards Ding.

»Jetzt versteh ich gar nichts mehr«, nuschelte Gernot mit wackligem Kinn.

»Ja, Sie hatten Glück, Herr Zoll, dass Lisa von Ihrem Schoko-Rotkuss nicht mehr getrunken hat. Bei einer anderen Frau hat kürzlich ein ehelicher Kuss genügt, um sie ins Jenseits zu befördern. Ein allergischer Schock auf Benzoesäure im Wein auf seinen Lippen, wie wir nun wissen. Wenn wir den Ehemann noch einmal befragen, wird er sich vermutlich erinnern, dass seine Frau nicht nur Aspirin mied, sondern auch bei eingelegtem Gemüse und Fisch extrem vorsichtig war.«

Gernot starrte uns an. Dann lachte er auf. »Lisa Nerz! Herrgottsack! Du bist gar kein Bub!«

»Habe ich das behauptet?«

Gernot stöhnte und hielt sich den Kiefer. »Lisa für deine Freunde! Und dann faselt dein betrunkener Staatsanwalt auch noch ständig von den besseren Geschmacksnerven der Frauen, und keiner von uns hat's gecheckt! Du gefällst mir, Lisa. Na wie wär's mit uns? Mein Vater wär happy. Auf den Hof gehört eine Frau, sagt er. Und bevor ich nicht eine anbringe, habe ich nichts zu melden.«

»Und da haben Sie gedacht«, schnarrte Richard, »Sie tun ihm ein paar unerlaubte Stoffe in den Wein. Wenn das rauskommt, ist er als Winzer erledigt und Sie sind dran mit Ihren Ökoweinen.«

»Es hätte bei den Weinkontrollen auffliegen sollen«, nuschelte Gernot. »Aber es hat ja niemand ein Interesse daran, durch öffentliches Geschrei den deutschen Wein in Verruf zu bringen, nur weil sich mal einer mit der Chemie vertan hat. Ich habe die Strafe bezahlt, und gut war's.«

»Gar nicht gut!«, sagte Richard. »Eine Frau ist daran gestorben!«

»Wer kommt denn auf so was!«

»Eben darum gehört aufs Etikett, was im Lebensmittel drin ist. Damit die Allergiker eine Chance haben. Verdammt!« Richard packte den Jungen unversehens am Revers und schüttelte ihn. »Du Schlappschwanz, warum konntest du deinen Streit mit deinem Vater nicht wie ein Mann klären? Direkt!«

»Ist gut!«, rief ich, pflückte Richards Fäuste von Gernots Kragen und schob den tatendurstigen Staatsanwalt aus der Toilette hinaus in den Gang. »Das ist jetzt Sache des Gerichts.«

»Ach was! Man wird diese Schokobeere vermutlich nicht einmal wegen Fahrlässigkeit mit Todesfolge anklagen können. Wein ist ein Genussmittel und unterliegt nicht der Kennzeichnungspflicht.«

»Ja ja, nun komm!« Ich zerrte den sperrigen Herrn weiter, hinaus vors Hotel an die kalte Nachtluft. »Wie war das? Drogenkonsum gehört zum allgemeinen Lebensrisiko!«

»Aber die Frau hatte nichts getrunken«, widersprach Richard verzweifelt. »Ein Kuss war ihr Tod! Ein liebevoller römischer Kuss!«

Er stolperte von der Bordsteinkante auf die Straße. Ich fing ihn wieder ein. Ingelfingens Straßen waren still und leer. Ich schleppte Richard bis in die finsteren Weinlagen hinauf.

»Von mir aus«, sagte ich und hakte mich bei ihm unter, »kannst du ruhig öfter mal was trinken. Dann bist du richtig süß!«

Richard knurrte und legte seine Hand auf meine.

Lehmann über *Rotkuss*:
Der Kurzkrimi löst ein Versprechen ein, das ich nach einer Lesung dem Ort Ingelfingen für die beiden Flaschen aus örtlicher Weinlage gegeben habe: einen Kurzkrimi zu schreiben, der in Ingelfingen bei Künzelsau spielt. Als ich zu einer Anthologie mit Weinkrimis eingeladen wurde, war es dann so weit. Allerdings hat diese Geschichte wohl weder Ingelfingen noch anderen Weinbaugebieten gefallen, denn ich wurde nie zu einer Lesung eingeladen. (Zuerst erschienen in: *Nur Bacchus war Zeuge – Mörderische Weinkrimis*, Emons 2006)

Der Spuk von Jena

Die lichten Muschelkalkhügel des Saaletals rückten zu einer finsteren Enge zusammen. Richard bremste den Mercedes ans Heck eines Trabis heran und sog mit geweiteten Nüstern den Zweitakterrauch ein. Ich hatte ihn selten so ergriffen gesehen. Der Wagen arbeitete sich im zweiten Gang enge Kehren hinauf. Auf der Kuppe lagen Septembersonne und ein Dorf.

»Cospeda«, sagte Richard. »Die Häuser da auf dem Feld waren früher auch nicht da.«

Ich versuchte das *früher* zu ermessen, das in seinem Hirn herumspukte. Was für Beziehungen hatte ein Stuttgarter Staatsanwalt zu einem Ostpfarrer? Was verband ihn mit einem Dorf, in dessen Kneipe *Im Grünen Baum zur Nachtigall* Ende der fünfziger Jahre ein Kollektiv der Friedrich-Schiller-Universität mit Hilfe der Zinnsoldatensammlung des Gastwirts als Dauerausstellung die Schlacht bei Jena und Auerstädt nachstellte, bei der Napoleon 1806 die preußisch-sächsischen Truppen vernichtend schlug? Nach der Wende, so Richard, jagten die Töchter den Wirt fort, weil er das gesamte Dorf mit Richtmikrofonen bespitzelt hatte. Am Haus daneben behauptete eine Tafel, Napoleon habe hier genächtigt. Der Stern auf dem Kühler zielte millimetergenau zwischen

Torpfosten in den bucklig gepflasterten Hof. Zwei Hunde umwedelten uns. Hühner gackerten. Ein Mädchen flog aus der Haustür. »Jorinde«, sagte Richard. Ihr junges langes Haar hatte die Farbe von Bienenwachs. Beide gaben sich nur die Hand, aber ihre Kastanienaugen glänzten, und Richards Gefühle schienen sich augenblicklich denen eines Werthers anzuverwandeln.

Der Pfarrer kam gemächlicher nach, lächelte und entschloss sich zu einer Umarmung.

»Josef Budde«, sagte Richard, »Lisa Nerz.«

»Oh«, sagte Budde und reichte mir die Hand. Er war ein runder Mann mit rundem Schädel und kleinen grauen Augen. Er verhehlte nicht sein Befremden angesichts meiner Jugend neben Richard und der Narbe in meinem Gesicht und wandte sich schnell ab. »Jorinde, geh Ming die Augen verbinden, sonst kriegt sie vor Schreck Schluckauf.«

Ming war eine altehrwürdige Pekinesenhündin, die sich in der Diele im ersten Stock huldigen ließ. Sie wedelte augenrollend mit dem Schwänzchen und bekam Schluckauf. Während ich über des Pfarrers Missbilligung meiner Person nachdachte, erläuterte Jorinde, dass Papa Ming um Mitternacht Goethe-Gedichte vorsprach, damit das Tierchen endlich sein Schweigen brach und den Unterbisskiefer auftat, um seine Weisheit mitzuteilen. Wir betraten eine abschüssige Stube. Die Wände knirschten unter der Last geschwärzter Gemälde, die Dielen ächzten unter biedermeierlichen Schränken, die Vitrinen klirrten unter der Verantwortung für Terrinen, Saucieren und Teller aus Meißner Porzellan. Den Weg zum Plumpsklo bahnte man sich durch ein Heer von kniehohen Terrakotta-Gnomen, die Jorinde in ihrem Atelier unterm Dach herstellte. In der Küche loderte Feuer in einem eisernen Herd. Ein eitrig blinzelnder Kater, dessen weißes Perserfell vor Lehm starrte, saß auf dem Tisch. Immerhin kam Wasser aus dem Küchenhahn, wenn auch so kalt, dass die Seife in meiner Hand gefror. Jorinde schnitt Möhren in einen Topf. Ihr honigfarbenes Haar rief Märchen wach.

»Was für eine Ruhe«, bemerkte ich, »was für ein Paradies!«

»Ich habe die Betten im Napoleonzimmer aufgestellt«, sagte sie. »Hoffentlich lässt euch der Spuk heute Nacht in Ruhe.«

»Wie?«

»Wir haben einen Hausgeist. Er rumpelt manchmal da unten.« Ich nahm es als feinsinnige Revanche für meine städtische Bemerkung über die paradiesische Ruhe fern aller Weltenwenden. »Wir vermuten, es handelt sich um einen Vorfahren, Rötger von Harstall. Er soll 1836 bei einem Duell ums Leben gekommen sein. Sein Bild hängt unten im Eingang.«

Mein Herz bekam kurz den Schluckauf. Aber ich war entschlossen, nicht an Übersinnliches zu glauben, und stieg hinab, um mir das Bild anzusehen. Harstall war ein eingedunkelter rotblonder Bursche mit keckem Studentenkäppi. Seine Augen waren dieselben wie Jorindes, verhalten und poetisch, Augen derjenigen, die jeder Zeit fremd bleiben.

Ein buckliger Steinboden führte durch den schmalen Gang vor ihm von der Haustür zu einem vermutlich später angebauten Bad. Eine Tür daneben am Fuß der Treppe stand offen. Im Garten, der das krautige Grün kaum fasste, unterhielten sich Josef Budde und Richard Weber, beide um die fünfzig, doch um Generationen verschieden; im braunen Maßanzug mit Schlips und Kragen der glatte Oberstaatsanwalt aus dem Westen, der Pastor leise und schlau in fadenscheiniger Wolljacke mit kubanischer Zigarre.

Als Jorinde mit einem Tablett erschien, um den Gartentisch mit Meißner Kaffeetassen zu decken, war ich bereit, die Existenz von Feen in Erwägung zu ziehen. Ihr schwarzer Rock wehte, ein silbernes Kreuz blitzte am Samthalsband, goldene Funken rannen über das Haar von der Farbe echten Bienenwachses. Dagegen war ich Grobzeug in Jeans und Lederjacke mit Narbe und Kurzhaarschnitt. Es war weniger ein räumliches, als vielmehr ein geistiges Wunder, dass wir vier in der Ecke einer Efeu-feuchten Mauer Platz fanden. Ich hatte gelesen, dass ihre Sprache das Wort *Kaderwelsch* enthielt. Für sie war *Konsum* ein Kaufhaus, für uns ein gesellschaftliches Verhalten. Mir fiel keine Frage ein, die ich diesen Leuten zu stellen gehabt hätte, außer einer einzigen. Feinfühlig wie er war, griff Budde die ungestellte Frage auf und brachte die Rede auf einen Maler, der sich heute Bürgerrechtler nannte und ihn gleich nach der Wende als inoffiziellen Stasimitarbeiter mit Decknamen Luther entlarvt haben wollte.

»Das einzige Mal«, sage Budde, »dass diesem Maler öffentliche Aufmerksamkeit sicher war.«

Die Anspannung in Richards Gesicht zeigte mir, dass auch er von der publizierten Beschuldigung gegen den Pastor wusste. Der Grubenhauch des Plumpsklos wehte uns an. Ich ahnte, warum wir hier waren.

»Musste ein IM nicht eine Verpflichtungserklärung unterschreiben?«, bemerkte ich.

Jorinde begann schlagartig das Geschirr zusammenzuräumen und erklärte, die Hunde müssten raus. Richard blieb sitzen, unfähig, meiner Frage nachzuhaken, und bannte damit auch Budde in den Stuhl, der Zigarre schmauchend erwog, was er einräumen sollte.

»Natürlich«, sagte er schließlich, »gibt es über mich eine Akte. Mein Stasimann hat hier oft genug Kaffee getrunken.« Er schmunzelte. »Was glaubt ihr, warum sie das Grab von Carl Zeiss auf dem Alten Friedhof zu seinem neunzigsten Todestag neu gestaltet haben? Es war kurz vor der Hundertjahrfeier der Zeiss-Stiftung. Als ich auf den Friedhof kam, war der Zeiss-Grabstein weg. Also bin ich zu meinem Stasimann. Er stotterte herum. Man wollte den Festakt eben nicht auf einem christlichen Friedhof begehen. Ich drohte damit, dass die Grabschändung sicherlich im Westen Beachtung finden würde. Euer Zeiss-Werk in Oberkochen feierte damals ja auch das Jubiläum. Man musste nur miteinander reden. Am Ende haben sie nicht nur das Grab, sondern auch das Dach der Friedhofskirche renoviert.« Budde stand entschlossen auf.

Zu meiner Verwunderung gab sich Richard mit der Anekdote zufrieden. Die Hunde wilderten durch den Garten zum Törchen am Wald. Jorinde trug Ming hinterher. Bolle hieß der schwarze Riesenschnauzer und Rambo der hüftlahme Schäferhund. Sie brachen durchs Unterholz, während Ming den Waldweg entlangwuselte. Als wir auf abgemähte Wiesen und Felder traten, die ins südliche Plateau gen Jena schwangen, wandte sich Josef Budde unvermittelt an mich.

»Schauen Sie gut hin. Uns hat man immer nur befreit. Erst Napoleon, dann die Amerikaner, dann die Russen.«

Das also war das Schlachtfeld, auf dem einst die preußisch-sächsischen Truppen biwakierten, ehe sie von Napoleon und seinen Generälen gen Norden getrieben und bei Auerstädt aufgerieben wurden. Auf die Hügelkuppen hatten die Russen Funkanlagen gesetzt. Kleine Häuschen begannen bereits das Feld von Norden her zu infiltrieren. Noch behauptete sich das Dorf grau und schief gegen den Ansturm propperer Neubauvillen auf freiem Feld.

Im Dunst zwischen den Hängen scharte sich unten das Städtchen Jena um den Block der Zeiss-Werke, den Glas-Alu-Zylinder des Universitätshochhauses und den Turm von St. Michael.

»Du musst wissen«, sagte Richard, »dass Josef Nachfahre von Johann Buddeus ist. Der Pietist hielt seine Vorlesungen in Theologie hier schon Anfang des 18. Jahrhunderts auf Deutsch.«

Auch Schiller soll ja in Jena Geschichte gelehrt haben, rätselhaft für jemanden wie mich, die Schiller für einen Reclam-Heftchen-Dramatiker hielt.

»Sogar Karl Marx hat hier promoviert«, ergänzte Budde.

Ein Gespenst geht um in Deutschland.

Die Septembersonne warf Baumschatten auf das Schlachtfeld. Jorinde hatte Ming wieder eingefangen, die auf ihrem Arm hechelte, und gab auf meine Fragen nur ungern Auskunft. Sie war dabei, ein Theologiestudium abzuschließen. »Ich hatte das Glück, dass ich auf ein Gymnasium durfte. Das war für Pfarrerstöchter schwierig.« Vermutlich hatte Papa darum gekämpft. Nun hoffte sie auf eine Pfarrstelle in Apolda, da die Kirche die Stelle in Cospeda schließen würde. »Schade, jetzt, wo die Kirche endlich voll wird.« Papa, dem sie nach dem Unfalltod der Mutter den Haushalt führte, stand kurz vor der Frühpensionierung.

Zum Abendessen löffelten wir in der abschüssigen Stube Gemüseeintopf aus Meißner Porzellan. Mir bebten die Hände, als ich das Zwiebelmuster, das noch stark den ursprünglichen Granatäpfeln ähnelte, dann abtrocknete und zwischen hungrigen Katzen auf dem Küchentisch stapelte. Als Jorinde nach längerem Schweigen die Frage einfiel, was ich denn machte, plauderte ich von meinem Job bei der Zeitung, fühlte mich überlegen und bot ihr das Du an.

»Wie lange kennst du Richard schon?«, fragte sie.

Meine Überlegenheit war dahin, denn ihre Bekanntschaft mit ihm war offensichtlich älter als meine. »War er eigentlich oft hier?«, erkundigte ich mich.

»Nach dem Mauerfall nicht mehr.«

Damals musste sie zauberhafte siebzehn gewesen sein. Sie

nahm das Porzellan, trug es in die Stube und kam aus einem anderen Zimmer mit Bettwäsche wieder. »Es ist doch in Ordnung, wenn ich euch zusammen unten im Napoleonzimmer unterbringe, oder?«

»Ja, sicher.« Ich hätte mir das Lachen verkneifen sollen. Immerhin war dies ein christlicher Haushalt, und Vater und Tochter fragten sich missbilligend, in welchem Verhältnis ich, das Biest, zu dem Schönen stand. Wäre Richard damals nicht Mitte vierzig und Jorinde nicht erst siebzehn gewesen und hätte es diese Grenze nicht gegeben, dann hätte er sich mehr als nur ihr Herz erschlossen. Es schien mir unmöglich, dass es heute irgendein Wollpullover-Kommilitone schaffte, Jorindes jungfräulichen Zauber zu durchdringen.

Wir rumpelten die Holztreppe hinab. Vor dem Bad grauste es mich, seit ich einen Blick hineingeworfen hatte. Der Boden war Beton. Der Boiler hätte mit Holz befeuert werden müssen, damit uns eine warme Dusche in einem emaillierten Badezuber möglich gewesen wäre, falls der Wasserdruck ausgereicht hätte.

Im Napoleonzimmer stand Josefs Schreibtisch. Die Amtsstube war bis unter die vergilbte Decke mit Büchern vollgestaubt, imprägniert von Zigarrenrauch. Vor den Regalen stand rechts ein welliger Diwan und links eine durchhängende Liege. Am Lichtschalter neben der Tür hing in roter Kordel und Bommeln ein korrodierter Degen.

Jemand zupfte mich hinten an der Jacke. Ich wandte mich um, aber Jorinde breitete viel weiter drüben das Laken über den Diwan. Mich fröstelte heftig. Rötger von Harstall blickte vom Gang ins Zimmer. Der Maler hatte ihm jenen Blick verliehen, der einen immer anschaut, egal, wo man steht.

»Ein Grundig«, erläuterte Jorinde, »mein Urgroßvater. Er war sächsischer Hofmaler in Dresden. Meine Urgroßmutter war eine von Harstall. Die Familie geht zurück auf Pippin von Heristall, den Großmeier Karls des Großen.«

In meinem Hirn knirschten die Jahrhunderte. »Aber dieser Grundig kann doch diesen Harstall gar nicht gekannt haben.«

»Das Bild ist die Kopie eines älteren, das verloren gegangen ist. Soll ich den Badofen anfeuern?«

»Ach lass nur.«

Es war dunkle Nacht, als wir uns in einem weiteren abschüssigen Balkenzimmer zum Wein versammelten. Tönerne Gnomen hielten mit großen Augen zwischen den Biedermeiermöbeln Wache. Josef entkorkte Flaschen. »Jetzt kann man den französischen ja überall kaufen.« Unterbrochen von sinnierender Stille tauschten wir vorsichtig politische Allgemeinplätze aus. »Wir zahlen den Solidaritätszuschlag ja auch«, sagte Budde.

Unbemerkt war Jorinde verschwunden. Als sie sich mit beschleunigtem Atem wieder setzte, sahen wir sie an.

»Ach, ich habe unten nur was gehört.«

»Ja, Richard«, sagte Josef, Zigarre paffend, »wir haben jetzt einen Hausgeist. Er rumpelt manchmal, und im Bad flattern die Handtücher auf der Leine. In letzter Zeit hat er angefangen, mich im Arbeitszimmer hinten an der Jacke zu zupfen. Das ist ein bisschen unangenehm.«

Blanker Horror überfiel mich. Auch mich hatte der Geist vorhin gezupft. Und nun sollte dies nicht meine Einbildung gewesen sein, sondern das objektive Phänomen einer parapsychologischen Manifestation? Klopfgeisterei infolge der Seelenkrise eines jugendlichen Hausbewohners war zwar immerhin Gegenstand wissenschaftlicher Forschung, aber nie bewiesen worden. Nun fragte ich mich beklommen, welch stummer Protest wohl hinter der honigfarbenen Stirn eines Mädchens pochte, das in ihrem Atelier tönerne Gnomen gegen die schweren Balken des Hauses aufmarschieren ließ, eines Hauses im Auge des Orkans deutscher Geschichte. Wie hingemalt von Uropa Grundig saß Jorinde auf dem grünen Sofa, der Minne eines Pippin von Heristall würdig, vom lutheranischen Geist eines Buddeus zur Mission des sozialistischen Atheismus angestiftet und nun übrig geblieben und vergessen im dörflichen Alltag, weltfern dem verwitweten Vater den Haushalt führend. Und Richard schien von alldem nichts mitzukriegen und lächelte über die Spukgeschichten.

Vom französischen Wein benommen musste ich mich nach Mitternacht zwischen einem welligen Diwan und einer durchhängenden Liege entscheiden, weil Richard mir wie ein Kavalier pro forma die Wahl ließ, die er längst getroffen hatte. Mein Unbehagen verschloss sich jeder rationalen Begründung. Zwischen den Betten buckelte eiskalter Klinkerboden. Vielleicht hätte ich wie Richard früher wenigstens einmal den Todesstreifen von hüben nach drüben passieren müssen, um heute diese lächelnde Verstocktheit unserer Gastgeber zu verstehen. Ich entzog mich der Bettenfrage aufs Plumpsklo. Kalter Wind strich von unten gegen Backen und Schamlippen.

In der finsteren Diele meditierte Ming auf ihrer Decke, rollte mit den Augen und bekam Schluckauf. Ich kraulte das von Eruptionen geschüttelte Tierchen und kratzte in meinem Hirn ein Gedicht zusammen: »Über allen Wipfeln… nein: Über allen Gipfeln/ ist Ruh,/ in allen Wipfeln spürest du/ kaum einen Hauch;/ die Vögel schweigen im Walde./ Warte nur, balde/ ruhest du auch.« Ming schwieg, aber ein Luftzug öffnete die Tür auf der anderen Treppenseite einen Spaltbreit, und Licht schlug auf die Dielen. Drinnen besprachen Josef und Jorinde die Gastgeberstrategie.

»Soviel ich weiß«, sagte Josef, »will sich Richard morgen früh mit der Dekanin der juristischen Fakultät treffen. Vielleicht nimmst du diese schreckliche Freundin mit in die Uni.«

»Wie lange wollen die denn eigentlich bleiben?«, seufzte Jorinde.

»Lass Richard ein wenig Zeit«, sagte Josef, »er muss sich darüber klar werden, welche Fragen er mir stellen will.«

Daraufhin zog jemand die Tür ins Schloss, und ich schlich angehaltenen Atems die knarzenden Stufen hinab. Vor dem Bad taumelte ich trunken in eine Bodendelle. Die Badtür schwang auf, stoppte aber brüsk auf halbem Wege zur Wand an einer Erhebung im roten Klinkerboden. Richard lag unter der Decke auf dem Diwan. Ich bewunderte sein gedankenloses Vertrauen in die Nacht.

»Welche Fragen hast du diesen beiden Gespenstern da oben zu stellen?«, sagte ich erbittert. »War Budde IM Luther?«

»Seine Gegner sind den Beweis immer schuldig geblieben.« Richard schlug die Arme unter den Kopf. Ich überlegte, ob ich mich überhaupt ausziehen sollte. Die ländliche Kälte war bitter.

»Aber es war so…«, sagte Richard zögernd und dann entschlossen. »Ich wurde 1988, ein Jahr vor dem Mauerfall, bei der Ausreise am Übergang Hirschberg festgenommen und verhört.«

»Wieso hat man dich denn überhaupt reingelassen?«

»Es gab keine Reisebeschränkungen für Staatsanwälte. Auf dem Einreiseformular habe ich allerdings immer nur Beamter angegeben. Aber sie wussten trotzdem genau, wer ich war.«

»Und was wolltest du hier?«

»Ich habe Josef Anfang der achtziger Jahre in Ostberlin kennengelernt. Ich hatte mich verlaufen. Er sagte, er sei auch ortsfremd, brachte mich aber zur Friedrichstraße zurück. Auf dem Weg kamen wir ins Gespräch. Als Pastor betreute er Ausreisewillige. Sie hatten den Antrag oft vor zehn Jahren gestellt. Manche wurden deshalb sogar angeklagt und verurteilt. Andere verloren den Job. Die Kinder durften nicht auf weiterführende Schulen. Letztlich ließ man sie gehen, weil sie ein Unzufriedenheitspotenzial darstellten, an dem der Staat kein Interesse hatte. Viele mussten Häuser aufgeben oder wertvolle Erbstücke zurücklassen. Oft unterschrieben sie Verzichtserklärungen. Mich faszinierte damals die Frage, wie man es anstellen müsste, damit sie ihr Eigentum eventuell später einmal einklagen könnten. Solche Fragen konnte man nicht am Telefon besprechen. Also fuhr ich gelegentlich rüber.«

Sieh mal an! Der Glaube an die Überlegenheit der Rechtsstaatlichkeit hatte in dem Beamten den Abenteurer geweckt.

»Und nun holten sie mich auf der Rückfahrt an der Grenze raus, sperrten mich in ein winziges Zimmer und verhörten mich, und ich sah mich schon im gelben Elend in Bautzen. Bei meinem letzten Besuch bei Josef ging es um eine Physikerin, die für Zeiss Jena Methoden erforschte, Prismen zusammenzukleben. Ihr Mann, ein Musiker, hatte eine Tournee durchs befreundete sozialistische Ausland genutzt, um sich in den Westen abzusetzen. Sie stellte einen Ausreiseantrag. Er kostete sie den Job, aber man sagte ihr, dass sie nie die Ausreisebewilligung bekäme, weil sie Geheimnisträgerin des Zeiss-Kombinats war. Ich wollte mich mit ihr treffen, aber Josef war dagegen. Allerdings machte ich mich mit allerlei Kenntnissen über Prismen im Kopf auf den Heimweg. Meine Idee war, die Zeissianer in Oberkochen zu fragen, ob sie die Methoden der Physikerin nicht als bereits bekannt veröffentlichen könnten.«

»Um Gottes willen, warst du denn wahnsinnig? Du hast doch praktisch Fluchthilfe betrieben und Werksspionage. Dafür wärst du für Jahre in den Knast gekommen.«

»Sagen wir lieber, es war Leichtsinn«, sagte Richard unbehaglich. »Das wurde mir auch klar, als die Grenzer mir Spionage für den Klassengegner vorhielten. Erst dachte ich noch, die wagen es nie, einen Staatsanwalt aus dem Westen festzuhalten. Aber dann zauberten sie unter meinem Beifahrersitz eine dieser feuerfesten Jenaer Glasformen hervor, ganze sieben Blechmark wert und Exportschlager des Kombinats. Dummerweise war es verboten, den Devisenbringer als Mitbringsel auszuführen. Damit hatten sie mich in den Klauen.«

Ich lachte etwas ratlos.

»Mir war überhaupt nicht zum Lachen zumute, glaub mir. Sie hatten zwar keinen Beweis für den Vorwurf der Werksspionage, aber sie schienen entschlossen, sich von mir ein Geständnis zu holen. Die Grenzer waren alle Stasileute, das wusste ich, zum Teil blutjunge Fähnriche, die sich profilieren wollten. Ich saß stundenlang auf demselben Stuhl, aber sie wechselten sich ab, gingen immer wieder raus, um telefonisch mit Berlin Rücksprache zu nehmen. Jeder stellte von Neuem die Fragen: warum ich den Staatsanwalt auf dem Formular verschwiegen hätte, mit wem ich mich in Jena getroffen hätte, welchem Zweck meine Besuche bei Josef dienten. Einer brüllte mich an, zertrümmerte die Jenaer Glasform auf dem Boden. Ob ich denn glaubte, mich über die Gesetze der Deutschen Demokratischen Republik hinwegsetzen zu können. Wenn der Schreier rausging, gab sich der andere menschlich, wohl in der Hoffnung, dass ich mich verplapperte.«

Ich kroch unter die Decke und suchte in den Kuhlen der Liege nach einer Position, die meiner Anatomie entsprach.

»Im Morgengrauen zitterte ich vor Ohnmacht. Sie hatten keine Beweise für den Spionagevorwurf, nur die Scherben einer Jenaer Glasform. Und ich beharrte darauf, dass sie sie mir untergeschoben hatten. Sie wussten, dass ich jeden Vorfall in der sozialistischen Einflusssphäre meinem Dienstherrn melden musste. Der deutsch-deutsche Eklat war unvermeidlich. Ihr stundenlanges Verhör wäre nur dann zu rechtfertigen gewesen, wenn ich tatsächlich einen Rechtsverstoß begangen hätte. Sie brauchten meine Unterschrift unter einem Protokoll. Mir wurde allmählich klar, dass es ihnen schließlich nur noch darum ging, das Gesicht wahren zu können. Ich musste irgendetwas gestehen, damit sie das Verhör abschließen konnten. Sonst würde ich Monate, wenn nicht Jahre in Untersuchungshaft auf Freikauf durch den Westen warten. Gegen Mittag setzte ich alles auf eine Karte, brach zusammen, räumte ein, dass ich die Jenaer Glasform hatte illegal ausführen wollen, und unterschrieb das Protokoll. Es funktionierte. Sie nahmen mir dreihundert Mark West ab und gaben mir den Pass zurück. Eine Viertelstunde später befand ich mich auf der Autobahn nach Nürnberg.« Er sah mich an. »Und ich habe nie jemandem davon erzählt.«

Es wäre auch keine Heldengeschichte gewesen, die er da seinem Dienstherrn zu berichten gehabt hätte, sondern die Geschichte sträflichen Leichtsinns, peinlicher Angst und einer Notlüge. »Und wo kam denn nun die Jenaer Glasschale her?«

»Das weiß ich nicht«, sagte er. »Aber es war so, dass ich tatsächlich eine Jenaer Glasform gekauft hatte, genau so eine, wie sie unter meinem Sitz gefunden hatten, denn irgendwie musste man sein Blechgeld aus dem Zwangsumtausch ja ausgeben. Aber ich habe sie Josef überlassen, als er mir sagte, dass die Ausfuhr verboten ist.«

»O Gott! Dann hat Josef sie dir untergeschoben. Dann hat

er womöglich auch seinem Stasimann etwas über deine Missionen erzählt, vielleicht um seinen eigenen Kopf zu retten oder, was noch wichtiger ist, die Zukunft seiner Tochter …«

»Das kann ich mir schlichtweg nicht vorstellen.«

»Aber der Verdacht ist dir gekommen.«

Richard ließ den Blick über die Bücherregale gleiten. »So ein Verdacht kommt einem natürlich schon, wenn sie einen mit Worten konfrontieren, die man einem Freund unter vier Augen gesagt hat. Aber Josef schrieb mir nach der Wende, dass der *Nachtigall*-Wirt das ganze Dorf abgehört hat. Die heiklen Gespräche haben wir zwar immer im Auto auf Landstraßen geführt, aber es mag sein, dass der Name der Zeiss-Physikerin hier gefallen ist. Über die Jenaer Glasform haben wir auf jeden Fall im Haus geredet. Und mein Auto stand unten im Hof. Da konnte im Prinzip jeder ran.« Er zog sich die Decke zum Kinn. »Kommst du an den Lichtschalter?«

Ich kroch fröstelnd aus dem Bett. Der Degen neben dem Lichtschalter schaukelte leicht. Rabenschwarze Nacht, wie sie nur auf einem Dorf ohne Straßenlaternen herrschte, überfiel mich. Ich verlor die Orientierung, fühlte mich plötzlich im Gehege menschlicher Glieder und kreischte. Aber es war wohl nur Richard, der mich auf sein Lager zog. Vielleicht vereinigte ich mich in dieser Nacht auch im kalten Schweiß meiner Angst mit Rötger von Harstall.

Die Erde war um viele tausend Nächte rückwärts gelaufen, als ich inmitten von Finsternis auf meiner Hängeliege aufwachte. Es war kalt von unten, die Blase drückte, und ich hatte ein Geräusch gehört. Mein Keuchen überlagerte den Atem aller Lebenden in diesem Zimmer. Ich war allein im nikotingeschwängerten Staub der Jahrhunderte. Der Degen an der Tür schepperte. Er war deutlich sichtbar in all der Unsichtbarkeit. Ein Lichtreflex in totaler Dunkelheit schwankte auf der Glocke. Oder bildete ich es mir nur ein? Mir war, als sei die Klinge schon in meine Brust gedrungen und lähmte Atmung und Stimme. Im nächsten Moment sah ich den Degen auf mich zukommen. Sekunden später überschlug sich der Horror und zerfiel in zähes Vernünfteln. Es war der Blasendruck, der mich stach. Aber mir graute unsäglich vor dem endlos kalten Weg zum Plumpsklo. Nur langsam formierte sich die Idee, den Zuber im Bad zu benutzen. Noch länger brauchte ich, um mich zum Aufstehen zu überwinden.

Die Kälte des Bodensteins fuhr mir bis unter die Haarwurzeln. Ich tastete mich zur Tür, trat in den Gang. Ein kalter Zug kam von der Tür zum Garten. Sie stand offen. Auch die Badtür stand offen, sperrangelweit, viel zu weit. Das war unmöglich, da der Hubbel im Steinboden sie hätte auf halbem Wege stoppen müssen. Im Bad ereignete sich etwas, eine seltsame Dämmerung schwebte, formierte sich, waberte. Es geschah etwas, das ich nie werde beschreiben können. Namenloses Grauen sprang mich an. Mein Bewusstsein riss. Im nächsten Moment stand ich draußen im Garten unter Mond und Sternen.

Nie wieder konnte ich zurück in diesen Gang. Doch zuvor musste ein menschliches Problem gelöst werden. Ich strullte zwischen Astern und Lavendel. Während ich hockte und der Erleichterung lauschte, gluckerte Gelächter in mir hoch, das ich mir verbiss, weil ich mir vorstellte, gehört und im Garten erwischt zu werden. Es raschelte im Gebüsch. Für einen Augenblick polkte sich etwas Schwarzes aus der Dunkelheit. Ein Hund, der Riesenschnauzer Bolle, taumelte über den Weg, verschwand. Na klar, der Hund. Es war der Hund. Es gab immer eine rationale Erklärung. Ich konnte mich durch den Gang zurückwagen.

Als ich um zehn aus der Liege kroch, war Richards Diwan

schon erkaltet. Der Pfarrer stand im Garten und schaufelte ein Grab. An der Mauer lag mit steifen Pfoten der Kadaver von Bolle. Ich erschrak.

»Er war schon alt«, sagte Josef.

Ich verschwieg, dass ich heute Nacht einen sterbenden Hund gesehen hatte. Die Lefzen des Riesenschnauzers waren blutig, aber seine Kiefer waren zu steif, als dass ich ihm ins Maul hätte schauen können. Mir fiel die Badtür wieder ein.

Sie war geschlossen. Die Beule im Steinboden bremste sie beim Öffnen energisch auf halbem Weg zur Wand. Was ich heute Nacht erlebt hatte, zog sich ins Traumhafte zurück. Dann sah ich zwei lange Schrammen auf dem Hubbel in der Patina der roten Klinkersteine.

Ming bekam Schluckauf. Jorinde spülte mit trockenen, aber roten Augen in der Küche das Frühstücksgeschirr. Ich äußerte mein Beileid. Sie hatte Bolle am Morgen tot in einer Spur der Verwüstung im Rosenbeet gefunden. Auf dem runden Tisch in der Stube war noch mein Platz mit Meißner Porzellan gedeckt. Das Ei war kalt. Ich sagte mir, dass die Schrammen im Steinboden nicht bewiesen, dass die Badtür heute Nacht von Geisterhand über den Hubbel geschoben worden war. Das konnte auch wann anders von Menschenhand geschehen sein.

Jorinde brachte warmgehaltenen Kaffee und lächelte plötzlich. »Schwerterkaffee, fürchte ich.«

Ich starrte in die dünne Brühe, so dünn, dass man die gekreuzten Schwerter auf der Unterseite der Tasse durchschimmern sah. Jorinde informierte mich, dass Richard um acht in die Stadt gefahren war, um sich mit der Dekanin der juristischen Fakultät zu treffen, ein Import aus dem Westen. Man hatte in Jena gründlich aufgeräumt. Jetzt fehlten eigentlich nur noch die Studenten. Jorinde schlug einen Spaziergang den Berg hinab vor. Sie habe in der Uni Bücher abzuholen. Richard kam mit dem Auto zurück, als wir gerade aufbrechen wollten, und bot sich uns unternehmungslustig als Chauffeur an. In seiner silbergrauen Limousine verloren sich die Gespinste der Nacht augenblicklich.

»Da vorn rechts«, sagte Jorinde, »die Schillerstraße ganz runter.«

Sie hatte für den Stadtgang das goldgelbe Haar geflochten und um den Kopf geschlungen und blickte Richard mit blanken Mädchenaugen von der Seite an. Ich starrte aus dem Fenster. Rechts die Fassade der Zeiss-Werke im schlichten Fabrikjugendstil. Dahinter versteckten sich die Gebäude aus Ernst Abbes kapitalistischen Gründerjahren, das erste Hochhaus Deutschlands. Als Erster hatte der Physiker Abbe den Acht-Stunden-Tag eingeführt. Acht Stunden Arbeit, acht Stunden Menschsein, acht Stunden Schlaf. Bescheiden wie er war, benannte er seine Stiftung nach seinem Weggefährten, dem Mikroskopbauer Carl Zeiss. Der Stiftung verdankten die Arbeiter seiner Werke bis heute selten erreichte Sozialleistungen und die Universität ihren Aufschwung. Vom Anatomieturm, in dem Goethe den Zwischenkieferknochen fand, den es nur beim Menschen gibt, war nur noch ein mittelalterlicher Steinstrunk übrig. Die theologische Fakultät schlummerte als Gartenvilla in einer Grünanlage. Jorinde vergaß, dass sie mich eigentlich um Begleitung gebeten hatte, überließ mich Richard und sprang wie befreit die sechs Stufen neben der Glasveranda zum Eingang hoch.

Im Freitagvormittagsgerammel ergatterten wir einen Parkplatz auf einer Freifläche im grauen Geschachtel der Häuser zwischen Verfall und Verschönerung. Mit Nostalgie um den Mund beschritt Richard den ehemaligen Platz der Kosmonauten, eine sozialistische Duftmarke in der zerbombten

Altstadt, beherrscht vom sechsundzwanzigstöckigen zylindrischen Universitätshochhaus aus Schaumglas-Alu-Elementen, auch Penis Jenensis genannt, dem Flachbau einer Mensa und den pharmazeutisch-chemischen Instituten, die das alte Collegium Jenense schluckten. Als Eichplatz stellte sich das Ensemble heute auf die Eroberung durch Kaufhäuser ein.

»Napoleons Truppen verursachten hier einen Großbrand«, erläuterte Richard, immer bereit, mir einen Einblick in die Tiefe seiner Bildung zu geben. »Man pflanzte Eichen, die aber heute der Luftverschmutzung nicht mehr gewachsen sind. Hier stand auch das Burschenschaftsdenkmal. Ist dir klar, dass in Jena die erste deutsche Burschenschaft gegründet wurde?«

Es interessierte mich auch gar nicht.

»Sie trugen die Farben Schwarz-Rot-Gold. Zwar gab es vorher auch schon Orden und Geheimbünde, die sich duellierten. Das Archiv ist voller Tumult-Akten. Aber die Jenaer Burschenschaft machte Schluss mit den Landsmannschaften. Sie wollte Vorbild für die deutsche Einigung sein. Das Wartburgfest ist dir ein Begriff?«

Ich dachte an Harstalls Duelltod und horchte auf.

»Oktober 1817. Fünfhundert Burschenschaftler und einige Professoren feierten vier Jahre nach der Völkerschlacht bei Leipzig den Sieg der österreichischen, preußischen, russischen und dänischen Truppen über Napoleon. Die Höfe sahen die national-liberale Bewegung mit Unbehagen. Der russische Staatsrat und Rührstückdichter Kotzebue verspottete die Burschenschaftler öffentlich und wurde von dem Jenaer Theologiestudenten Karl Ludwig Sand in Mannheim erstochen. Ein willkommener Anlass, die Burschenschaften zu verbieten, die Zensur zu verschärfen und liberale Professoren zu entlassen. In Jena traf es den Mediziner Oken, der später erster Rektor der Züricher Universität wurde.«

»Mischte damals auch ein Rötger von Harstall mit?«

Richard lächelte und nahm mich an der Hand. Wir betraten die Johannisstraße, einen Boulevard auf der anderen Seite von Flachbau-Mensa und Glasschaumphallus. Mit einem Handwurf wies Richard mich auf ein schmuckes Renaissancehaus in der Reihe alter Bürgerhäuser hin. »Die ehemalige Studentenkneipe *Zur Rose*, seit Gründung des Collegiums Jenense im 16. Jahrhundert im Besitz der Universität und mit dem Rosenprivileg ausgestattet, Bier und Wein steuerfrei auszuschenken.« Er wandte sich dem Oktogonalturm der Stadtkirche St. Michael zu, die sich hinter einer Apotheke am Straßenende erhob.

»Da, wo jetzt die Apotheke steht, stand vor dem Krieg noch der Burgholzhof, Gründungshaus und Sitz der Burschenschaft Arminia. Dein Rötger von Harstall war Armine. Aber das war später. Nach dem Verbot der Burschenschaften entstanden wieder die alten Landsmannschaften, Korps genannt. Die Burschenschaftler versuchten, die Korps zu vereinen. 1830 gab es ein Treffen, und zwar oben in Cospeda in der *Nachtigall*. Es endete mit der endgültigen Spaltung in Germanen und Arminen. Die Germanen schrieben die politischen Ideale auf ihre deutschen Fahnen, die Arminen sannen auf Verinnerlichung und Sittlichkeit. Harstall war Theologe und Dichter und gehörte der Arminia an. Im Zuge der französischen Julirevolution probten die Germanen auch in Jena den Aufstand. Die anschließende Verfolgung war fürchterlich. Prominentestes Opfer war der Jenaer Jurastudent Fritz Reuter. Er wurde 1836 zum Tode verurteilt, zu dreißig Jahren Festungshaft begnadigt und nach sieben Jahren freigelassen. Später machte er sich einen Namen als Erfinder des plattdeutschen Romans.«

1836. Das Datum kam mir bekannt vor. Richtig. »1836 ist

doch auch Harstall bei seinem Duell gestorben.« Das Wort Verrat nistete sich in meinem Hirn ein. Hätte es sich um einen ehrlichen Ehrenhandel gehandelt, müsste er doch heute nicht herumspuken.

»Du darfst dir nicht vorstellen«, sagte Richard, »dass die Studenten sich bei den Duellen gegenseitig getötet haben, auch wenn just hier der legendäre Fechtmeister Kreußler das Stoßfechten lehrte, den Stoß ins Herz mit gestrecktem Arm und vorgebeugtem Oberkörper. Aber das Duellfechten war und ist ein Hiebfechten und in der Regel nicht tödlich. Es gibt nur blutige Nasen oder mal ein abgerissenes Ohr. Außerdem ist der Paukarzt sofort zur Stelle.«

Noch ein Argument gegen Harstalls ehrenhaften Tod. Wir schlenderten durch den Einkaufsalltag um St. Michael. Der auf einen Pfeiler gestützte spitzbogige Durchgang unter dem Chor der Kirche zählte zu den sieben Wundern Jenas, genauso wie die Camsdorfer Brücke nach Osten über die Saale, heute eine Betonpfeiler-Endlosigkeit vor allem für Fußgänger. Auf der anderen Seite gleich links stand, restauriert und glühend gelb, die *Grüne Tanne*, Gründungshaus der Deutschen Burschenschaft und heutiger Sitz der schlagenden Verbindung Arminia.

»Das Kellergewölbe«, sagte Richard, »befindet sich über einer alten Kultstätte der slawischen Göttin Jani, die der Stadt den Namen gab, eine Göttin der Flussübergänge. Da das Haus außerhalb der Stadtmauern stand und da jeder Student relegiert wurde, der sich duellierte, fanden die Ehrenhändel häufig hier statt.«

»Oder oben in Cospeda«, sagte ich.

»Aber, Lisa! Lass dich doch nicht ins Bockshorn jagen von den Spukgeschichten. Jedes Dorf hat seine Art, sich über Städter lustig zu machen.«

In der Tat, mit welch unbegreiflichem Mut hatte sich Jorinde gestern Nacht treppab begeben, um einem Poltern auf die Spur zu kommen, dessen bloße Idee mich erstarren ließ. Als ob Hausgespenster blinde Flecken im Angstzentrum erzeugten, was eine gewisse Logik hatte, wenn sie demselben Hirn entsprangen. Gemessen an meinem Entsetzen, war dieser Spuk kein Produkt meiner eigenen Phantasie. Doch umso schlimmer, denn dann war er objektiv da und würde mich nicht loslassen, es sei denn, ich kam seinem Entstehen auf die Spur, erkannte seine Regel. Es half nichts. »Wir müssen noch eine zweite Nacht da oben verbringen«, sagte ich todesmutig.

»Aber sicher«, sagte Richard.

Jorinde war auf geheimen Wegen vor uns wieder auf den Berg gelangt und goss Rotwein über ein Huhn im Topf auf dem Feuer. Ich ließ mich von den tönernen Gnomen nicht abschrecken, die auf der Treppe den Aufstieg unters Dach bewachten, und bestieg Jorindes Atelier. Unter solchen Dachbalken hatte man nach dem Krieg Tabak getrocknet. Regalbretter bogen sich unter der Last der Zwerge. Auch die größeren Figuren aus Stein waren halslose, runde Gestalten mit großen Augen.

»Richard«, sagte Jorinde plötzlich hinter mir, »hat sie mal meinen stummen Widerstand genannt.« In ihrem Ton schwang Zärtlichkeit.

Ich schluckte. Es musste ja gar nicht so gewesen sein, dass Richard einst gekommen war, um mit Josef in Autos auf Landstraßen über Ausreisewillige zu sprechen. Da hatte es jedenfalls auch einiges mit Jorinde hier im Atelier zu besprechen gegeben. Was wäre daraus geworden, wenn es nicht die Verhaftung an der Grenze gegeben hätte?

»Nach der Wende«, sagte ich, »hat Richard euch nicht mehr besucht. Warum eigentlich nicht?«

»Ja, weißt du nicht, dass er nach dem letzten Besuch an der Grenze verhaftet wurde?«

»Doch.« Ich machte keine Bewegung, um das unverhoffte Thema nicht zu verscheuchen. »Aber später gab es die Grenze ja nicht mehr.«

»Nun«, sagte sie, ohne sich in die Augen blicken zu lassen, »Richard wirft da wohl meinem Vater etwas vor. Papa hat mir nichts darüber erzählt, praktisch nichts …«

Offenbar erzählte man grundsätzlich so wenig wie möglich.

»Er wollte nicht, dass ich wusste, warum Richard kam. Aber ich habe mitgekriegt, dass es um Ausreisegeschichten ging. Richard wollte wohl helfen. Er hat es wahrscheinlich nur gut gemeint. Aber ich habe schon damals immer gedacht, man kann doch nicht alles haben. Wer in den Westen wollte, der musste eben hier alles aufgegeben. Dafür war er dann im freien Westen. Entweder oder. Man musste sich entscheiden. Und heute kommen sie alle zurück und wollen ihre alten Häuser wiederhaben. Ein Wahnsinn ist das.«

Ich betrachtete die Truppen des stummen Widerstands. Und auch heute fragte keiner Jorinde um ihre Meinung.

»Ich erinnere mich«, fuhr sie fort, »dass die Bezirksstelle Gera Papa anrief an dem Abend, als Richard abgereist war. Papa kam erst am andern Mittag wieder, und ich dachte, er kommt überhaupt nie mehr. Er hat mir nichts gesagt, nur dass sie bei Richard eine Jenaer Glasschale unterm Beifahrersitz gefunden hatten. Ich habe ihn gefragt, wo die Glasschale ist, die Richard gekauft hatte. Aber Papa wollte nicht darüber reden. Ich habe dann noch wochenlang bei jedem Klingeln gedacht, jetzt kommen sie, um Papa abzuholen.«

Ich versuchte, den Widerspruch von großer Angst und kleinem Vergehen auszuloten. Das konnte nur glaubwürdig finden, wer ein Leben zwischen Wänden geführt hatte, die Ohren hatten, und mit Freunden, die Stasizuträger waren. Dagegen war ein Hausgeist ein geradezu fasslicher Gegner.

»Hat es eigentlich früher auch schon gespukt? Ich meine, vor dieser Geschichte?«, erkundigte ich mich.

Jorinde sah mich an und schüttelte den Kopf. Dann fing sie an zu lachen wie eine Prinzessin unter tausend Zwergen. Ich kam mir vor wie der dumme Ritter, der in der Rosenhecke hängen blieb. Bevor ich sie küssen durfte, musste ich den Drachen des Verrats töten. Nach dem, was sie gesagt hatte, bestand gar kein Zweifel, dass Josef Richard die Glasschale ins Auto getan hatte. Und das war nicht zum Lachen.

Ich ging Richard suchen. Septembersonne wehte durch die offene Gartentür herein. Harstall hing an der Wand, sah mich spöttisch an und zupfte mich hinten an der Jacke. Ich wollte nicht, aber ich fuhr herum. Da war nur die Tür zum Napoleonzimmer. Dahinter unsere Nachtlager, die Reisetaschen, Bücher bis unter die Decke. Ich fühlte den kalten Hauch im Nacken und suchte mit dem Rücken an der Wand Schutz. Der Degen schepperte. So fand mich Richard.

»Da bist du ja«, sagte er taktvoll meine peinliche Lage übersehend.

Ich nahm den Degen von der Wand. »Josef hat dir die Jenaer Glasform ins Auto getan. Jorinde hat es praktisch zugegeben.«

Richard sah von der Reisetasche auf.

»Josef wollte dich loswerden, für immer«, sagte ich. »Denn du hast ihn und seine Tochter in Gefahr gebracht mit deinem westlichen Leichtsinn.«

»Unsinn.« Richards milchkaffeebraune Augen schlitzten sich asymmetrisch, wie immer, wenn er verbergen wollte, dass er betroffen war. »Wenn ich nicht willkommen gewesen wäre, dann hätte Josef nur meine Einreise nicht mehr zu beantragen brauchen. Das mussten nämlich die Gastgeber tun. Und fuchtel nicht so mit dem Degen herum! Ich bin über das Alter raus, da ich mir einen Schmiss zulegen muss.«

»Sieh an«, sagte ich, »du hättest wohl auch gern einer schlagenden Verbindung angehört, aber sie haben dich damals nicht haben wollen.«

»Lisa! Was soll das?«

Ich hatte seinen wunden Punkt berührt. Er hatte nie viele Freunde gehabt und überhaupt keine während seiner Studienzeit in Tübingen. Und jetzt verteidigte er den Pastor mit blinder Treue.

»Ich fürchte«, sagte ich, »du wirst Josef fordern müssen.«

»Das ist meine Sache. Du hältst dich da raus, verstanden?« Er richtete sich von der Tasche auf, ein kleines grünes Büchlein in der Hand. Sekundenlang starrte er darauf, dann reichte er es mir. »Hier, falls du dich immer noch für Harstall interessierst. Ich hatte es eigentlich … ich kann es Josef auch später geben.«

Später oder gar nicht. So bröckelte Freundschaft. Ich blieb mit dem Degen am Knie auf dem Diwan zurück. War ich zu weit gegangen? Hatte ich etwas falsch verstanden? Hatte ich überhaupt irgendetwas verstanden?

»Jena fängt an, mir zu gefallen«, titelte das Büchlein. Ein gewisser Rebmann schrieb in fiktiven Briefen über die Salana, wie man die Universität an der Saale auch nannte. »Jena ist an und für sich ein Ort, äußerst arm an Abwechslung und Vergnügungen. Und das ist wahrlich sehr heilsam und gut. Man muss aus lieber Langeweile studieren.« Oder man suchte Händel und duellierte sich. »Das letzte Opfer dieser Sucht, sich einen Namen zu machen, soll ein Herr von Harstall aus der Fechtschule Kreußlers gewesen sein, doch ist der schädliche Zweikampf so gewiss nicht Ursache seines Todes, als es seine Ordensbrüder behaupten.«

Ich steckte das Buch in die Tasche und hängte den Degen an die Wand zurück. Auf Stoß also hatte Harstall gefochten, auf Leben und Tod. Über seinen Tod musste es doch Schriftliches geben. Wie hatte Richard die Akten genannt? Tumult-Akten.

Ich half Jorinde, den alten, etwas wackligen runden Tisch mit Porzellan und einem dampfenden Huhn zu beladen. Richard nahm schweigsam Platz. Josef tat so, als bemerke er das Erkalten der Freundschaft nicht. Ich schob ihm Rebmanns Büchlein neben den Teller. »Hier, ich habe es in meinem Gepäck gefunden. Richard hat Ihnen wahrscheinlich gesagt, dass er es vorhin vergeblich suchte.«

Josef lächelte weise auf das Büchlein hinab »Vielen Dank.« Ich vermutete, dass Richard ihm gar nichts erklärt hatte.

»Kommt man eigentlich an die Tumult-Akten im Universitätsarchiv heran?«, erkundigte ich mich munter.

»Die kannst du doch gar nicht lesen«, knurrte Richard. »Das sind Handschriften.«

Schon gut. Der Hinweis auf meinen Mangel an wissenschaftlicher Erfahrung hatte nicht sein müssen. Wahrscheinlich war ich als einzige Nicht-Studierte unter diesen Akademikern derartig mit Komplexen gefüllt, dass sie sich als Spuk manifestierten. Wir gabelten eine Weile stumm. Dann wandte sich Josef an seine Tochter.

»Weißt du, wen ich gestern in der Stadt getroffen habe? Erinnerst du dich an Maik?«

Jorinde lachte mit gesenkten Wimpern.

»Er fährt jetzt einen dicken Wagen und kauft für eine Frankfurter Bank in Leipzig Straßenzüge auf. Sie werden dann renoviert und stehen leer, weil keiner die Miete zahlen kann.« Josef richtete seine kleinen grauen Augen auf Richard.

»Dieser Maik und fünf seiner Kommilitonen hatten es sich ’87 in den Kopf gesetzt, auf dem Platz der Kosmonauten ein Sektfrühstück zu veranstalten. Pure Dummheit, aber ich bin drei Tage lang von Pontius zu Pilatus gerannt, um denen klarzumachen, dass nichts Politisches dahintersteckte. Nach der Wende behauptete Maik, ich sei den Oppositionellen in den Rücken gefallen. Aber ich weiß noch, wie er seinen Eltern weinend in die Arme gefallen ist, nach nur drei Tagen Knast.«

»Und sie haben die Jungs einfach so freigelassen, ohne Gegenleistung?«, sagte Richard eine Nuance zu scharf.

Josef blinzelte irritiert. »Nun, der Parteisekretär baute sich damals seine Datscha am Hausberg. Da hat man schon mal den Tipp gegeben, wo es gerade Schrauben zu kaufen gibt.«

Dieser Antwort war Richard im Moment nicht gewachsen. Um der fein ziselierten Tortur zu entkommen, die sich die beiden Männer angedeihen ließen, bestand ich auf dem Einblick in die Tumult-Akten. Ich wusste, Richard würde mich nie alleine in ein Universitätsarchiv stolpern lassen.

Das Universitätshauptgebäude war gemauerte Geschichte im Fürstengraben, vormals Goetheallee. Die Studierburg, die Anfang des 20. Jahrhunderts zum 350-jährigen Jubiläum der Hochschule gebaut wurde, spiegelte die Mittelalterlichkeit des Städtchens. Hinter Büschen und Bäumen versteckte sich das Burschenschaftsdenkmal, hauptsächlich feierlich steinerne deutsche Fahne. Die Aula wurde beherrscht vom Bild des Monumentalsymbolisten Ferdinand Hodler. Jenenser Studenten kämpften sich in Jacken und Ranzen und bestiegen Pferde, um mit den Soldaten zu den Befreiungskriegen 1813 gegen Napoleon auszuziehen. Zum Archiv ging es links die Treppe hinunter.

Ich hätte gleich den Archivar gesucht, aber Richard wusste, dass man erst einmal ins Repertorium an die Findbücher ging. Ein Mädel verließ gerade den Raum. Blaue Augen und Ossiblick. Ich fragte mich, woran man das erkannte. Richard orientierte sich mit unbegreiflicher Geschwindigkeit und griff ein Buch aus dem Regal. »Wir suchen 1836, richtig?« Das Buch knackte, als er es öffnete. Er überflog die schwankenden Zeilen mit Signaturen und Laufzeiten. »Student gibt Schlummermutter Ohrfeige und wird zu vier Tagen Karzer verurteilt.«

Richard fasste Bücher an wie Kostbarkeiten. Seine Nüstern witterten sinnliche Genüsse. Angesichts schriftlich niedergelegter menschlicher Irrungen und Wirrungen war er sich seiner Sache sicher. Er war ein Mann der Buchstaben, keiner der persönlichen Auseinandersetzung. Ich verliebte mich erneut heftig in ihn. Jetzt tat es mir leid, dass ich ihn dazu herausgefordert hatte, als Staatsanwalt gegen seinen Freund in Cospeda aufzutreten.

»Da haben wir's schon«, sagte er mit einem intimen Beben in der Stimme, hob die Augen und schenkte mir sein Finderglück. »Jetzt muss uns der Archivar die Akte ausheben. Komm.«

Ich stellte mich ihm in den Weg. Er war immer überrascht, wenn ihm jemand ein wenig Wärme und Zuneigung entgegenbrachte, und meist geriet ihm der Kuss etwas flüchtig. Dann senkte er die Lider und bedauerte, dass er in menschlichen Dingen stets mit grüblerischer Verzögerung reagierte.

Der Archivar gehörte offensichtlich noch zum Originalbestand. Sein dunkles Thüringer Sächsisch war von sämtlichen Gesinnungsüberprüfungen nach der Wende überhört worden. Richard präsentierte ihm seinen Doktortitel und repetierte die Signatur aus dem Kopf. Ohne ihn wäre ich gescheitert. Sütterlinschriftzeilen schnürten unleserlich über fragile Blätter. Aber Richard destillierte nicht nur aus den ineinanderfließenden Ober- und Unterlängen, sondern auch aus dem mit Französisch und Latein aufgeschäumten Deutsch einen Sinn.

»Ich muss dich enttäuschen«, sagte er. »Vor Richter Eckardt stand nicht Harstalls Mörder, sondern ein Petzer. Ein Paul Freken, Student im Fuchsenstande, also ein Neuling, ist dem Wirt vom *Schwarzen Bären* die 18 Pfennige für eine Bouteille Köstritzer Bier schuldig geblieben und verlegt sich nun aufs Anschwärzen. Er beschuldigt ...«, Richard stutzte, »... tatsächlich Karl August von Hase ...«

»... dass er Harstall getötet hat?«

»Nein. Sei nicht so ungeduldig. Hase wurde später als Kirchenhistoriker weit über Jena hinaus bekannt, aber er saß zuvor auch als Burschenschaftler in Kerkerhaft auf dem Hohen Asperg bei Stuttgart. Freken behauptet hier, der Germane Hase habe im *Schwarzen Bären* schädliche Reden geführt, gemeint sind wohl politische. Daraufhin hätten einige Saufbolde beschlossen, nach Cospeda hinaufzuziehen, um den Arminen Harstall zur Rede zu stellen. Daran habe Freken nicht teilnehmen wollen. Deshalb habe er sich, ohne zu zahlen, eiligst davongestohlen. Er wisse aber, dass anderntags die Leiche eines jungen Mannes im Anatomie-Haus gelegen habe, um von Studenten seziert zu werden.« Richard sah hoch. »Das bedeutet Massengrab für Harstall.«

»Aber warum wurde er umgebracht?«

»Freken sagt, es wurde geredet, dass Harstall gegenüber der Polizei bestritten habe, anonymer Verfasser einer Schrift zu sein, die zum bürgerlichen Aufstand aufrief. Kurz darauf wurde Fritz Reuter verhaftet. Mit anderen Worten ...«, Richard hob die Augen, in denen die Erinnerung an sein eigenes Verhör schwelte, »... Harstall hat vielleicht Reuter angeschwärzt aus Angst vor dem Kerker.«

Ich sah den rotblonden Poeten aus unruhigem Schlaf auffahren, weil er ein Geräusch gehört hatte. Ohnehin war er aufgewühlt und verstört von der Nachricht des Todesurteils gegen Reuter. Nun sah er sich plötzlich umstellt von Raufbolden, die Gelegenheit suchten, sich durch eine ordentliche Prügelei in ihren Kreisen einen Namen zu machen. Geplagt von seinem Gewissen, fürchtete Harstall um sein Leben, sah keine Chance mehr, sich zu rechtfertigen, zu erklären, den Vorwurf des Verrats zu entkräften. Seine verzweifelte Verteidigung mit dem Degen machte aus den Raufbolden Mordbuben, denn wenn sie nicht selbst getötet werden wollten von einem, der auf Stoß focht, dann mussten sie ihn niederstrecken. Harstall starb in seinem Blut, weil er im engen Hausflur den rechten Ausgang nicht fand, auf den Steinen, dort, wo heute das Bad war.

»Wenn du den Beweis haben willst«, sagte Richard, »dass es hier um Verrat ging, dann müssen wir Reuters Akte suchen.«

»Richard«, sagte ich, »die Akten geben dir auch keine Antwort auf die Fragen, die du nicht wagst, deinem Freund in Cospeda zu stellen.«

Er senkte den Blick und bedeckte das Gesicht mit den Händen.

Ich bemerkte plötzlich, dass uns ein junger Mann zusah, der mit einem Zettel in der Hand auf den Archivar wartete. Der Unterschied zwischen ihm und uns bestand nicht im Zuschnitt seiner Jeansjacke, nicht mehr, sondern in der Geduld zu warten. In dem hübschen jungen Gesicht saß ein Zug trotziger Verschlossenheit. Es hinterließ Spuren in den Gesichtern, dass sie immer hatten anders reden müssen, als die Köpfe dachten. Die Tradition des Kaderwelsch lag wie eine Maske des Ekels auf den Zügen. Als er sich abwandte, bedachte ich, dass wir uns in all den Jahren nach der Maueröffnung nie die Mühe gemacht hatten, ihre Erfahrungen mit der Selbstbehauptung im Kollektiv zu ergründen. Wir trugen unser Ich immer auf den Lippen, für sie war Gehörtwerden existenzgefährdend gewesen.

Richard hatte immerhin einmal, wenn auch nur für ein paar Stunden, am eigenen Leib diese Angst erfahren, wegen falscher Worte in Bautzen zu landen. Auch er, der Staatsanwalt aus dem freien Westen, hatte sich nur mit einer taktischen Lüge zu retten gewusst. Dabei hielt er sich allerdings zugute, Josef und Jorinde geschützt zu haben, obgleich das Auftauchen der Jenaer Glasform seinen Freund in ein zweifelhaftes Licht gerückt hatte.

»Übrigens«, sagte Richard, als wir wieder vor die versteinerte Verteidigungsanlage wissenschaftlicher Freiheit traten, »da drüben, das ist der *Schwarze Bär*. Da war früher auch der Intershop drin.«

Ich stellte mir vor, wie Richard in dem kleinen Laden im Hotel an der Ecke dem Ostpfarrer den westlichen Reichtum zu Füßen legte. »Such dir aus, was du willst.« Josef ließ die grauen Augen etwas erschrocken über die Buntheit sonst unerreichbarer Produkte aus dem Westfernsehen gleiten und bat um Milka-Schokolade für die Tochter. Richard legte noch Beaujolais, Jakobskaffee, eine Dose Ananas und Nesquick drauf, bezahlte mit harter Währung und versuchte den Dank Josefs als unnötig abzutun.

»Im *Schwarzen Bären* hat auch Luther …«, er stockte den Bruchteil einer Sekunde, »… Luther versucht, im Disput mit radikalen Reformatoren die Bauernkriege abzuwenden.«

Auch mir fiel ein, dass Josef in den Akten des MfS nach Überzeugung derjenigen, die sich heute Bürgerrechtler nannten, unter dem Decknamen Luther als IM geführt wurde. Luthers Bemühen, die frühbürgerliche Volksbewegung in und um

Jena in gemäßigten Bahnen zu halten, gewann bedrückende Symbolkraft für die Alltagsdiplomatie eines Josef Budde.

Rambo, der alte Schäferhund, stand auf dem Hof und wedelte mit tiefem Schwanz. Er drängelte vor uns zur Haustür hinein und trabte stracks ins Bad. Dort hatte jemand Feuer im Boiler gemacht. Der Hund sank grunzend am Ofen zu Boden. Mir wurde klar, was mich an dem Bad immer gestört hatte: der Geruch nach feuchtem Hund. An der hinteren Wand stapelte sich Feuerholz, alte Zaunlatten, faulige Bretter, zum Teil mit rostigen Nägeln. Es lagen auch Splitter herum, zerbissenes Holz. Als ich mich niederkniete und ein zerfleddertes Holzstück aufnahm, stand Rambo auf und kam herbei. Seine Nase versuchte, mein Interesse am Holz zu erkunden, und tropfte vor Unverständnis. Die Tropfen vereinigten sich mit ein paar kleinen schwarzen Blutflecken auf dem Betonboden.

Im nächsten Moment drehte er ab und huschte hinaus, denn Jorinde erschien im Bademantel in der Tür. Sie beugte sich über den Zuber und drehte den Wasserhahn auf. Dampfendes Wasser rumpelte. Als sie sich aufrichtete und das Haar zurückwarf, zerfiel der Gürtelknoten des Bademantels. Ich verhielt auf den Knien, ein blutiges Stück Holz in der Hand, in stummer Andacht.

Sie zog die Brauen zusammen. »Was gibt's?«

»Ich fürchte«, sagte ich, »Bolle hat sich hier umgebracht, mit dem Holz. Vielleicht verhakte sich ein Nagel in seinem Rachen. Er versuchte ihn rauszuschütteln, rauszukratzen, taumelte gegen die Badtür, flüchtete in den Garten, zerwühlte im Todeskampf das Rosenbeet und erstickte schließlich.«

Jorindes Blick wurde dunkel. »Der dumme Hund. Er wollte immer an den Ofen. Und wenn er nicht geheizt war, hat er vor Wut den Holzstapel zerwühlt und alles in Unordnung gebracht. Man musste ständig aufpassen, dass die Badtür zu ist.«

»Ich fürchte, ich habe sie gestern Nacht offen gelassen.«

Sie wandte sich schroff ab. »Nun, das konntest du ja nicht wissen.« Es war klar, sie wünschte, dass ich sie alleine ließ mit dem Schmerz, den das dampfende Wasser und die Lust an der Pflege des schönen Leibes vertreiben sollten.

Ich stieg die Treppe hinauf, belauert von den tönernen Heerscharen des stummen Widerstands. Unter dem kalten Hahn in der Küche wusch ich mir Blut und Spreißel von den Fingern. Tauben gurrten in der Sonne auf dem Dach vor dem Fenster. Währenddessen badete Jorinde, das Haar wie flüssiges Bienenwachs, Tropfen wie Tau in den Wimpern. Es konnte nur diese Tochter gewesen sein, die das Haus des Pastors für Richard so anziehend gemacht hatte. Beim Verhör an der Grenze hatte er nicht Josef geschützt, sondern Jorinde. Nie hätte er ihren Platz auf dem Gymnasium gefährdet und sie zum Schicksal einer Gemeindehelferin verdammt. Andererseits hätte Josef wohl auch nie zugelassen, dass Jorinde sich mit dem Herrn aus dem Westen unglücklich machte.

Ich musste nachdenken, klaubte Ming, die vor Schreck den Schluckauf vergaß, von ihrer Decke in der Diele, pfiff nach Rambo und begab mich in den Wald und auf die Schlachtfelder. Die sinkende Sonne vertrieb den Nebel der Geschichte von dem Städtchen im Tal zwischen den Muschelkalkhängen. Septemberlicht ist überall gleich.

Als ich zurückkehrte, war das Haus schon dunkel und kalt. Jorinde saß mit noch feuchtem Haar am Küchentisch und verteilte Aufschnitt und Senfgurken über Platten und Schälchen aus Meißner Porzellan. Sie lächelte Richard an, der in der Tür zur Stube stand und sich um eine Konversation mit dem Kind bemühte, dessen Interessen ihm fremd geworden waren. Er schien froh, dass ich kam, um ihn zu entlasten.

Jorinde lächelte. »Du warst mit den Hunden draußen? Das ist gut.«

Vom Hof her hörte man einen Motor ersterben und die Autotür schlagen. Josef Budde polterte die Treppe herauf. Er brachte allerlei Neuigkeiten mit. Während Jorinde und ich den Tisch in der Stube mit Abendbrot beluden, amüsierte er sich, dass er nun zu den Honoratioren Jenas gehörte, die von Lothar Späth, dem Chef der Schott-Werke, der einst in Stuttgart als Ministerpräsident hatte zurücktreten müssen, zu einem Empfang geladen wurden. Dann spottete er über den Missgriff des Freundeskreises der Hochschule, der das Porträt des führenden Nazi-Rassenkundlers Astel hatte nachmalen lassen, um es in die Galerie der Hochschuldirektoren einzugliedern. Dieser Sammlung fehlten aber ausgerechnet die Bilder der drei jüdischen Rektoren, die Astel hatte vernichten lassen, darunter das Rosenthals, der als Vater der Weimarer Verfassung galt.

»Tja, an allem, was wir anfassen, klebt Geschichte«, sagte Josef, setzte sich zu Tisch und faltete die Hände. Das stille Gebet überraschte uns so, dass Richard erstarrte und ich mich mit dem Reflex meiner Kindheit bekreuzigte. Josef griff nach dem Brot und fragte: »Und was haben eure Tumult-Akten erbracht?«

»Harstall«, antwortete ich, »hat bei einer polizeilichen Vernehmung Fritz Reuter in die Pfanne gehauen.«

Richard ließ unangenehm berührt das Messer sinken. Josef strich seine Brotscheibe zu Ende und hob dann die kleinen grauen Augen. Zum ersten Mal sah er mich an, widerwillig, aber unerschrocken. »Glauben Sie eigentlich alles, was in den Akten steht?«

Das war die prinzipielle Frage zwischen Ost und West.

Sagen Akten die Wahrheit, wenn Informanten andere beschuldigen müssen, um sich zu retten? Harstall konnte sich uns nicht mehr erklären, er war zum Schweigen verdammt. Aber Josef? War es sein Stolz, der ihn hinderte zu reden, oder war es eine Schuld? Oder hatte er nur jede Hoffnung verloren, dass wir ihm glauben würden? Der Grenzgraben am Übergang Hirschberg verschwand nicht, nur weil dort jetzt ein Supermarkt stand. Zwischen Josef und mir erstreckte sich unüberbrückbar die blühende Landschaft schnörkeligen Porzellans mit Zwiebelmuster auf dem etwas fragilen dunklen Tisch.

»Warum«, sagte ich, entschlossen, dem Lauern ein Ende zu machen, »warum haben Sie damals Richard die Jenaer Glasform unter den Beifahrersitz geschoben?«

Wurst, Käse, Senfgurken, Brot und Butter zwischen uns waren plötzlich wie mit graugrünem Schimmel überzogen.

»Meinen Sie«, sagte Josef, »ich müsste mich vor Ihnen rechtfertigen?«

»Waren Sie IM Luther?«

Jetzt legte auch er das Besteck hin. Das Haus ächzte unter der Last des Schweigens. Etwas fuhr mir unterm Tisch an die Beine. Ich trat gegen und traf das Tischbein. Es krachte, der Tisch kippte, und mir schoss alles entgegen, Gurkenschälchen, Butterdose, Teller. Aufspringend riss ich die Tischplatte hoch, um mich des Großangriffs der Antiquitäten zu erwehren. Die Senfgurken sausten noch an mir vorbei, dann sprang alles in die andere Richtung. Jorinde schrie und fing die Butterdose auf, ein Kleinod aus Schale, Töpfchen und Deckel mit Porzellanknospe. Richard und Josef haschten nach den Kostbarkeiten. Teller und Platten zersprangen auf den Dielen, Besteck hagelte hinterher, ein Käse kullerte.

Sekundenlang standen wir wie gelähmt. Dann wandte sich

Jorinde in die Küche. Josef verkantete das geknickte Tischbein mit einem Griff wieder unter der Platte. Jorinde ging zu Boden, um mit der Kehrschaufel zu bilanzieren. Angesichts der Unersetzlichkeiten blieb mir das »Ich bezahle den Schaden« im Hals stecken.

»Da kannst du nichts dafür«, sagte Jorinde und blickte mit klaren Augen zu mir hoch. »Ich habe Papa schon vor Wochen gesagt, dass das Tischbein wackelt. Aber er wartet immer, bis etwas passiert. Ich habe ihm auch gesagt, dass er im Bad kein Holz mit Nägeln stapeln soll, sonst verletzt sich noch einer der Hunde. Nun ist Bolle sogar daran gestorben.« Sie stand mit der Kehrschaufel voller blauweißer Scherben auf und blickte ihren Vater an, der die Augen senkte. »Du hast über meine Angst gelacht, auch als ich sagte, dass sie Richard verhaften werden und dich gleich mit, wenn ihr es mit den Ausreisewilligen zu weit treibt. Wenigstens hättest du Richard warnen müssen. Er hätte uns alle verraten können.«

»Kaum«, sagte Josef und begann in den Taschen nach irgendwelchen Dingen zu suchen. »Aber er hätte irgendwelchen Unsinn gemacht, wenn er gewusst hätte, dass sie ihn verhaften werden.« Josef gab die Suche auf und hob die Äuglein. »Richard, es sind auch Leute erschossen worden, die mit hundert Sachen durch die Grenzsperren bretterten. Ich wollte dich nicht verrückt machen. Du hättest nichts tun können. Ich hatte auch Angst, dass du versuchen könntest, auf einer Autobahnraststätte einem Berliner einen Hilferuf in den Westen mitzugeben. Dann hätten sie erst ihn und dann dich abgefangen. Die Autobahnen wurden ja überwacht. Sie wussten zu jeder Minute, wo du warst. Außerdem, wie hätte ich es dir denn sagen sollen und wo? Hier im Haus, unten im Hof, im Wald? Man wusste doch nie, wer mithört.

Du kannst dir nicht vorstellen, was passiert wäre, wenn die Grenzer gewusst hätten, dass du gut präpariert ankommst.«

»Doch«, sagte Richard. »Aber woher wusstest du, dass ich an der Grenze festgenommen werde?«

»Du erinnerst dich an die Physikerin von Zeiss? Sie muss geplaudert haben. Mein Stasimann wusste, dass ich mich mit ihr getroffen hatte. Er riet mir einen Tag vor deiner Abreise, die Finger von der Sache zu lassen. Die Frau habe ihren Ausreiseantrag zurückgezogen. Ich war gottfroh, dass du keinen persönlichen Kontakt mit ihr gehabt hattest. Womöglich hatte man sie auf dich und mich angesetzt. Vielleicht hatte man mir deine Einreise dieses Mal nur genehmigt, um dich bei der Ausreise mit irgendetwas zu erwischen.«

»Aber damit hat dich dein Stasimann doch praktisch gewarnt.«

»Das kann man so sagen, ja. Es ist nicht leicht zu verstehen, doch als Pfarrer war ich für sie ein unersetzlicher Gegner. Ich gebe zu, dass ich ihnen auch nützlich war, wenn es darum ging, eine Eskalation zu vermeiden und Konflikte ruhig abzuwickeln. Nimm das Sektfrühstück. Da hatten voreilige Vopos sechs Jugendliche eingesperrt. Was nun? Auch sie hatten kein Interesse daran, einen politischen Aufstand daraus zu machen. Also half ich ihnen mit ein paar christlichen Argumenten aus dem Kaderdenken heraus. Nicht ich habe ihnen dabei Zugeständnisse gemacht, sondern sie mir. Und das ließen sie sich nicht durch eine Unterschrift unter eine Verpflichtungserklärung bestätigen. Ich habe nie etwas unterschrieben, nicht einmal ein Protokoll, auch in der Nacht deiner Verhaftung nicht, als ich auf der Bezirksstelle in Gera behauptete, du besuchtest mich nur wegen meiner Tochter.«

Josef forschte erneut in seinen Jackentaschen und förderte Zigarre und Streichhölzer zu Tage.

»Was ich dir jetzt erzähle, Richard, kannst du mir glauben oder auch nicht, und ich könnte es dir nicht einmal verübeln, wenn du es nicht glaubst, denn man kann sich dieses dumme Spiel, das doch so gefährlich war, kaum vorstellen. Du warst zwar oft hier, aber ich glaube, du hast den Ernst doch nie ganz begriffen. Für dich war es eher ein Abenteuerurlaub. Jedenfalls, in der Nacht vor deiner Abreise hatte ich ein ganz blödes Gefühl. Ich bin morgens um sechs aufgestanden und habe dein Auto unten im Hof untersucht. Hinter der Innenverkleidung deiner Beifahrertür entdeckte ich dann Papiere, Produktionslisten des Zeiss-Kombinats. Ich habe dein Duschwasser damit angefeuert und mir die Gesichter der Grenzer vorgestellt, wenn sie diese Listen nicht fanden. Es gab zwei Möglichkeiten. Entweder sie akzeptierten sofort, dass ihr Plan nicht aufging, und ließen dich laufen, oder sie konstruierten den Grund deiner Festnahme irgendwie anders. Auch bei uns durfte man ja niemanden ohne Grund festhalten. Ich wollte die Regie auf keinen Fall diesen phantasielosen Gesellen überlassen.«

»Deshalb hast du mir die Jenaer Glasform ins Auto getan.«

In Josefs Augenwinkeln entstand ein feines Lächeln. »Das schien mir die unpolitischste Lösung. Auf Betriebsspionage hatten sie sich vorbereitet, aber nicht darauf, dass ein wohlhabender Staatsanwalt eine Glasschale schmuggelt, um die dreißig Mark zu sparen, die das Ding im Westen kostete. Ich hoffte, sie wären aus dem Konzept gebracht. Unser Pech war, dass du an ein paar ehrgeizige Grenzer gerietest, die nicht so schnell aufgeben wollten. Berlin rief in der Bezirksstelle Gera an, und die mich. Sie konnten die Nuss alleine nicht knacken. Die Zeissianerin hatte zugegeben, mir Geheimnisse über die Selbstklebeeigenschaften von geschliffenen Prismen verraten zu haben. Ich sagte: Und was soll ich als Pfarrer damit anfangen? Ob ich mit meinem Westbesuch darüber gesprochen hätte, fragten sie. Nein. Mal ehrlich, was wir mit den Listen gemacht hätten? Was für Listen, sagte ich. Ob ich annehmen müsste, dass uns da jemand was unterschieben wolle? Aber nein, natürlich nicht. Solche Methoden unterstelle ihnen doch nur immer der Klassengegner. Aber ob ich dich nicht darauf hingewiesen hätte, dass du die Glasschale nicht ausführen dürftest. Doch, aber sie sei ein Geschenk meiner Tochter, und ihr beide wäret so enttäuscht darüber gewesen, dass du sie nicht mitnehmen konntest, dass es mir leidgetan habe. Ich hätte gedacht, man werde dich wegen einer Glasschale schon nicht verhaften. Wir sind doch alle nur Menschen. Man wolle doch auch mal einem Freund ein Geschenk mitgeben können. Wenn sie deswegen jemanden zur Verantwortung ziehen müssten, dann mich. Das habe ich gesagt, weil ich mir ziemlich sicher war, dass du mit der Sturheit des Rechtsstaatlers auf deiner Unschuld beharren würdest.«

»Da hast du dich geirrt«, sagte Richard. »Ich habe schließlich doch eingeräumt, dass ich die Glasform illegal ausführen wollte. Es erschien mir der einzige Ausweg.«

Josef lächelte. In seinem grauen Gesicht spiegelte sich der mitfühlende Respekt für eine mentale Beweglichkeit, die er seinem geradlinigen Freund aus dem Westen nicht zugetraut hatte.

Den Rest des Abends verbrachten wir in der anderen Stube zwischen tönernen Gnomen bei französischem Wein und Anekdoten und lachten Tränen.

Weit nach Mitternacht stolperte ich in die Bodenwelle vor dem Bad gegen die Tür. In der Dunkelheit am Boiler glühten nur die Augen eines Hundes. Das alte Haus knisterte müde und setzte sich zur Ruhe, denn in seinen abschüssigen Räumen war endlich das Gespräch wiedererwacht, das Anschuldigen, Erklären und Glauben. Harstall brauchte nicht mehr zu zupfen und zu stupfen. Ich versuchte, ihm in die Augen zu sehen, aber Maler Grundig war noch genialer, als ich gestern zu erkennen fähig gewesen war, denn Harstall schaute so unverwandt über mich hinweg, als habe sein Blick niemals den Kontakt gesucht.

Lehmann über *Der Spuk von Jena*:
Dies ist mein erster Kurzkrimi mit Lisa Nerz und Richard Weber, den ich einst für eine Anthologie des Rowohlt-Verlags geschrieben habe, die sich mit Universitäten beschäftigen sollte. Da die Stuttgarter Uni, an der ich studiert habe, leider schon vergeben war, bin ich nach Jena umgezogen, in das mit Meissner Porzellan gefüllte Napoleon-Haus meines Onkels Jochen, in dem es außerdem auch spukte. (Zuerst erschienen in: *Amoklauf im Audimax*, Rowohlt 1998)

Lisa Nerz fährt Fahrrad

Also, das muss ich euch erzählen! Ich bin doch aufs Fahrrad umgestiegen. Meine alte Brontë aus der Familie der Porsche mit H-Kennzeichen – hochzeitsweiß mit nuttenroten Ledersitzen – steht inzwischen halt auch lieber in der warmen Garage. Und in Stuttgart kann man ja wunderbar Fahrrad fahren, vorausgesetzt, man muss nicht den Berg hinauf … Na ja, und vorausgesetzt, der Fahrradweg endet nicht nach zwei Metern und wirft einen in den fließenden Verkehr. Und natürlich auch nur, wenn keiner auf dem Radweg parkt. Aber die Stadt gibt sich doch Mühe, zieht dicke Striche, flickt weiße Ränder in den Asphalt, schweißt Halteringe an die Ampelmasten und hängt süße kleine Lichtzeichenanlagen auf, die an einen Verkehrsübungsplatz erinnern.

Also setze ich oben in Degerloch in der Kauzenhecke, wo Oberstaatsanwalt Dr. Richard Weber seine Jugendstilwohnung mit einem Bechsteinflügel und zuweilen mit mir teilt, meinen Dackel Cipión in den Korb am Lenker, schiebe den Hintern auf den Sattel und stürze mich die Alte Weinsteige hinunter. Dabei teile ich todesmutig meine Aufmerksamkeit zwischen meinem Tacho, den Tiefen und Untiefen des Asphalts und den Autos, die sich bergauf schieben. Alles über vierzig Stundenkilometer ist ein Test meiner Bereitschaft, mein Leben zu riskieren, auch für völlig sinnlose Beweise.

Und wie immer fahre ich heute früh dann die Heusteigstraße entlang Richtung Innenstadt. An der Immenhofer Straße ist die Ampel rot. Wie immer parkt der Rover des Spaniers auf dem Fußgängerüberweg und riskiert einen Strafzettel. Ein Mann mit ergrautem Bart in Jeans und Parka, der von sich glaubt, er sei noch jung, hält neben mir auf einem zerratzten Müslifahrrad. Er schaut Cipión gelangweilt in die blanken Nussaugen und lässt augenwinkelig verstohlen – wie Männer so die Rundungen einer Frau abtasten – seinen Blick über mein Gerät gleiten, silbermetallic, holländisch geschwungen, Schweizer Wertarbeit, gestylt. Als er unten am Zwickel angelangt ist, reißt es ihm den Kopf zum ehrlichen Blick herum, seine Augen weiten sich. Er schaut mich verwundert an.

»Ist das ein Elektromotor?«

»Ja«, sage ich. »Bei jedem Tritt aufs Pedal bekomme ich einen Schubs der anderthalbfachen Kraft dazu.«

Hinter dem Urwald im Gesicht denkt es. Die Stirn furcht sich, die Lippen spitzen sich aus dem Bart heraus und entrüstet bricht es aus dem Bierbäuchlein: »Das ist doch Beschiss!«

»An wem?«

Aber da wird es grün. Er muss los. Wir kreuzen die Immenhofer Straße, die den Berg emporsticht. Ich bin schneller. Der Fahrradfahrer mit dem Gesichtswald verliert sich hinter mir. Vermutlich ist er aus Scham abgebogen. Darüber musst du mal was schreiben als Schwabenreporterin Lisa Nerz: Freud und Frust der Fahrradfahrer von Stuttgart – die Alte Weinsteige, die Hasenbergsteige, der Herdweg, alle über dreizehn Prozent.

Cipión hält die bärtige Schnauze in den Wind. Wer so kurze Beine hat wie er, lässt sich gern kutschieren.

Doch vor *Farben Heim* muss ich jäh die Handbremsen drücken. Ein Porsche schwenkt rückspiegellos aus der Parklücke. Himmelherrgott, kannst du nicht aufpassen? Mein Hinterrad pfeift und schleudert, ich fasse nach Cipión, ehe er mir aus dem Korb purzelt. »Du Arschloch!«

Der Porsche ist silberfarben wie mein Schweizer Überflieger. Ich schüttle meine Fäuste. Cipión stellt das Barthaar. Fast hätte er zum ersten Mal, seit ich ihn kenne, gebellt. Er ist wohltuend parteiisch, er ist immer meiner Meinung, egal, ob ich unrecht habe oder nicht.

Ist ja auch nix passiert. Das Gefühl, wieder einmal überlebt zu haben, stimuliert zu Überfliegergefühlen. Na, warte! Du entkommst mir nicht. Der Versuch des Porsche, die nächste links abzubiegen, muss an den roten Einbahnstraßenschildern scheitern. Die Weißenburgstraße bahnt sich von zwei Seiten zur Kopfsteinpflasterkreuzung. *Fred's Lädle* und die *Konditorei Weible* beargwöhnen einander von schräg gegenüber, Zigaretten und Schulhefte gegen Brot und süße Stückle. Wer auf beides nicht verzichten kann, überquert die Kreuzung diagonal.

Und sieh an: An der Schrankenschleuse fange ich ihn wieder ein. Er muss warten, bis ein Mutti-Corsa die Schranken passiert hat, die sich nachts für alles auf vier Rädern schließen, um den Freierverkehr aus dem Bohnenviertel zu unterbinden. Wer zur Hure will, kommt offenbar nicht auf dem Motorrad oder Fahrrad.

Stuttgartiger als die Heusteigstraße ist im Grunde keine. Am einen Ende steht die große alte Heusteigschule, die seit hundert Jahren die Schüler ins Gebäude des Architekten Theodor Fischer klingelt, der auch das Gustav-Siegle-Haus gebaut hat und das Kunstgebäude am Schlossplatz, dezent säuliger Jugendstil. Am anderen Ende Lidl, wo sich an der Kasse Pelzkragen und Pennerbärte mit übernächtigten Nutten aufreihen. Dazwischen auf ganzer Länge hinter Gründerzeitfassaden mit Erkern und

Balustraden emsiger Kleinhandel und Kultur, Coiffeur, gehobene Gastronomie und Sozialgedanke, die Lederschmiede, das Farbengeschäft mit Kunstmalereibedarf im Hinterzimmer, die handgemachte Auslage einer Schmuckmanufaktur.

Und genau hier wurde Baden-Württemberg gegründet. Hier, wo das Ristorante *San Pietro* seine Tische und Stühle unter zwei Bäumen auf den Fußweg gestellt hat, in diesem Gebäude, erbaut von dem jüdischen Bankier Eduard Pfeiffer, einem sozial denkenden Mann, der einsamen Männern ein Heim geben wollte, hat noch bis lange nach dem Krieg der Landtag getagt. Und ein Stückle weiter vorn, am Wilhelmsplatz, feiert man jedes Jahr Ende Juli mit Kultur in Pavillons das Henkersfest, denn an der Hauptstätter Straße wurden einst die Verbrecher geköpft. Daher der Name.

Wer unterwegs ist, hat schon alles verpasst. Während ich mich frech vor dem Porsche in die einspurige Schrankenschleuse drängle, wobei ich mich mal kurz auf seinem Heck abstützen muss, liegt hinter mir in der Mittelstraße eine junge Frau in ihrem Blut, mit dem Kopf im Rinnstein und offenen Augen. Das Messer steckt ihr noch in der Brust. Das Kind im Kinderwagen hat zugeschaut und schaut noch mit großen Augen. Ein Passant ist oben um die Ecke gekommen und begreift nichts. Noch hat niemand die Polizei alarmiert. Zeugen gab es keine.

Und ich habe auch nichts gesehen. Ich war ins Geplänkel mit einem silberfarbenen Porsche vertieft.

So erzähle ich es am Abend Sally und Richard im *Tauben Spitz*. Der elegante Staatsanwalt hält sich an seinem bierfarbenen Getränk fest und spielt mit der Zigarettenschachtel. Er liebt es nicht, vom Tod zu hören. Er ist für Wirtschaftsstrafsachen zuständig. Eine Verhaftung ist ihm heute schiefgegangen.

Und zum ersten Mal in seinem Leben zweifelt er an seinem Unrechtsbewusstsein. Nie übertritt er die Geschwindigkeit, unerschütterlich glaubt er an den Rechtsstaat, entschieden lehnt er Selbstjustiz ab. Doch jetzt würde er doch gerne eine rauchen zum Bier im *Tauben Spitz* am Pulverturm im Bohnenviertel, in dem meine Freundin Sally kellnert.

»Ein Familiendrama«, sagt sie und stellt mir die Maultaschen in der Brüh hin. »Hat's im Radio geheißen. Die Frau wollte sich von dem Mann trennen. Da hat er die Nerven verloren.«

Wie selbstverständlich wir das doch für ein brauchbares Mordmotiv halten. Über meinen Vorschlag, die größte Gefahr für Leib und Leben einer Frau – die Männer – aus Deutschland auszuweisen und von der Erde zu verbannen, lächelt Richard gequält. Es gibt doch auch andere! Nur Bullterrier und Kampfhunde müssen einen Wesenstest absolvieren, bevor man sie von der Leine lässt.

»Es hat eine Festnahme gegeben«, sagt er, als könne uns das eine Beruhigung sein. »Der Ehemann. Er ist dringend tatverdächtig. Man hat ihn mit Blut an den Kleidern in der gemeinsamen Wohnung angetroffen. Meisner ist die ermittelnde Staatsanwältin. Sie hat mich vorhin angerufen. Der Beschuldigte hat inzwischen ein Teilgeständnis abgelegt.«

Wenn Richard sich im Polizeijargon einigelt, dann ist er tiefer verstrickt, als er zugeben will.

»Und was hat er gestanden?«, frage ich.

»Er hat das Messer angefasst. Aber nur, um es herauszuziehen.«

»Und seit wann informiert dich Meisner über ihre blutigen Fälle?«

Richard zieht unwirsch eine Zigarette aus der Schachtel, die er aber nicht wird anzünden dürfen, und knurrt: »Die Geschädigte«, Polizeideutsch für Opfer, »ist meine Hauptbelastungszeugin in einem Ermittlungsverfahren wegen Sozialbetrugs in Millionenhöhe gegen den Inhaber einer Reinigungsfirma gewesen. Eigentlich hatten wir heute eine Verhaftung vornehmen wollen. Scheiß Rauchverbot!«

»Ich kann auch nichts dafür«, sagt Sally.

»Und ich war dort«, sage ich verwundert und sortiere die Geschichten. »Ich bin genau dort vorbeigekommen. Aber ich habe nichts gemerkt.«

Ein Mensch ist gestorben, ein Leben ist zu Ende, eine Seele ausgeblasen und verflogen, ein Kind hat den Mittelpunkt seines Lebens verloren, ein Mann verliert seine Freiheit. Eine von zahllosen Kleinkatastrophen hat sich vollzogen, und dennoch hat der Wind nicht den Atem angehalten, sind die Vögel nicht tot vom Himmel gefallen, hat die Stadt nicht aufgeschrien, nicht einmal gestöhnt.

Ich habe wettkampfverliebt das Nummernschild eines silberfarbenen Porsche studiert und eine Anzeige erwogen: WN für Waiblingen. Ein Schnellstraßenraser. Er hat es eilig, wuppt an mir vorbei und muss doch an der Baustelle beim Lidl schon wieder bremsen. Ein Kran dreht sich. Ein stadttauglicher Geländewagen kämpft mit einer Parklücke. Ein Familienvater schiebt einen Einkaufswagen über die Straße, angefüllt mit Wasserflaschen, Milchtüten und Orangensaftpackungen. Wer hier einkauft, muss nicht unbedingt arm sein, er ist nur sparsam und schämt sich dessen nicht.

Dann endlich kann der Silberporsche sich befreien aus dem Alptraum der Tempo-30-Zone und biegt in die Wilhelmstraße ein, die ihn in die Hauptverkehrsadern der Stadt spült. Immer noch ist der Tag sonnig. Noch hat das Innenstadtrevier keinen Wagen vom Ordnungsdienst losgeschickt.

Ich habe das Viertel hinter mir gelassen, radle mit Beschiss den letzten Rest der Heusteigstraße zur Jakobschule vor und biege nach unten ab. Die Feuerwache hat wieder einmal alle roten Fahrzeuge auf den Hof gefahren. Ein geheimnisvolles wöchentliches, wenn nicht alltägliches Ritual, dem die Mädchen, die neben dem *Irma La Douce* rauchen, an diesem Morgen aus Langeweile interessiert zuschauen.

In den Straßen rund um das Parkhaus Züblin, zwischen Leonhardskirche und *Dreifarbenhaus*, verlangsamen auch am Morgen schon die dicken Daimler freiwillig die Fahrt, vorbei am *High Noon*, *Blue Light* und *Grand Filou*. Sie haben Münchner, Reutlinger und Heilbronner Kennzeichen. Hier ist Stuttgart Weltstadt. Am Zebrastreifen Ecke Pfarrstraße steht auch schon eine, die den Zebrastreifen nicht überqueren wird. Ich kenne sie. Sie ist unterm Minirock ein Mann.

»Das ist wirklich eine kuriose Geschichte«, sage ich abends im *Tauben Spitz* mitten im Bohnenviertel, um das ich am Morgen außen herumgefahren bin, vorbei am Spielplatz bei der Tankstelle, Pennerbänken, Eckimbiss und den Kissen, Puschen und Rüschen von *Samt und Sonders*, wo ich nie einkaufen werde. In den Auslagen von *Café Nast* türmen sich weiße, violette und rosafarbene Baisers in Mengen, für die man sich keine Käufer denken kann. Schäumle haben sie in meiner Kindheit geheißen.

»Ich fahre also meinen üblichen Weg.«

Sally harrt mit dem Tablett unterm Arm an unserem Tisch aus.

An der Fußgängerampel Charlottenplatz fahre ich rüber auf die Museumsinsel und vor der Stadtbücherei rechts hoch in die Urbanstraße, die fast schnurgerade bis in den Osten fällt und sich dabei grundlegend wandelt, von Staatstragend zum Altbauwohnen, angefangen bei Landgericht und Landesbibliothek, gefolgt von Staatlicher Schule für Musik und Darstellende Künste, Abgeordnetenhaus, Neuer und Alter Staatsgalerie bis zum Halbhöhenausblick auf den Bahnhof, auf dessen Turm sich der Mercedes-Stern dreht. Danach geht es auf geflicktem Asphalt ins sozial Randständige mit Mopedladen, Dönerstube und Obstauslage vor zum Kerner Platz, an dem vorm türkischen Konsulat Tag für Tag ein Polizeiauto wacht. Die Bittsteller stehen die Urbanstraße hinunter. Es riecht nach Zigaretten und familiärer Not.

Sally nickt. Sie wohnt im urbanen Schacht noch ein Stück weiter unten, fast schon am Friedensplatz in dem Haus mit den konischen Balkonen aus den Sechzigern.

»Na jedenfalls, ich komme dann unten bei der Post raus, wo man auf die Neckarstraße fährt. Und wem fahre ich da genau vor den Kühler? Dem silberfarbenen Porsche mit dem Waiblinger Kennzeichen.«

Sally lacht. Richard nicht.

Die Neckarstraße wird gleich so schmal, dass der Porsche nicht an mir vorbeikommt. Zwischen Schwabengarage und Staatsanwaltschaft auf der einen Seite und Sparda-Bank und *Sparback* auf der anderen türmen sich die Hochbahnsteige der Stadtbahn. Hier wohne ich, im dritten Stock des Altbaus mit den gelben Klinkern. Doch weil Oma Scheible die Mülltrennung überwacht und keine Kinderwagen oder Fahrräder im Treppenhaus duldet, muss ich noch ein Stück weiterfahren, immer in Gefahr, von einer auf der Parkplatzseite sich plötzlich öffnenden Autotür dem Porsche vor die Schnauze gewatscht zu werden. Er hechelt an meinem Hinterrad und sieht verzweifelt jede Ampel, der wir uns nähern, rot werden, bevor ich ankomme.

Ich glaube, die Neckarstraße ist eine zutiefst unglückliche Straße. Nicht nur, weil sie den Neckar nie erreicht – diesen

Traum muss sie beim Funkhaus an die Cannstatter Straße abtreten –, sondern weil ihr die Identität fehlt. Da ähnelt sie mir. Einmal flirte ich in Retrorock und Ziegenhaarweste mit dem Pförtner an der Drehtür der Staatsanwaltschaft, damit er mich regelwidrig einlässt, und zwei Stunden später stehe ich im Nadelstreifenanzug mit Narben im Gesicht an der Haltestelle Stöckach, um im *Tauben Spitz* mehr zu trinken, als der Führerschein zulässt, übrigens auch auf einem Fahrrad. Seit Jahren beobachte ich jetzt aus dem dritten Stock den rastlosen Selbstfindungsprozess unter mir: Fahrbahnen verbreitern, Spuren verengen, Hochbahnsteige verlängern, verkürzen, verschieben, Parkbuchten modellieren, den Inhalt der Läden auswechseln, Ampeln installieren. Dabei weiß man doch, es wird selten schöner. Wer sich dem Schönheitschirurgen anvertraut, der offenbart nur seine Angst vorm eigenen Gesicht.

Die Ampel an der Hackstraße treibt zur Eile. Ich trete in die Pedale und fliege bei Gelb auf die Kreuzung hinaus. Mal ehrlich, ein Porsche klingt immer ein bisschen wie ein VW im Stimmbruch, wenn er hochtourig wird. Mit Pennälerstimmchen schießt er silbrig böse an mir vorbei aus der Ampelschleuse und rattert über die Schienen der Stadtbahn, die hier zum Gaskessel abbiegt.

Ich muss mit dem Po aus dem Sattel und langsam tun auf den Gleisen, damit es Cipión nicht aus dem Lenkerkörbchen lupft. Die Garage für meine Gefährtin befindet sich gleich da vorn rechts in der Riekestraße im Hinterhof beim *Freien Radio Stuttgart*. Und wie ich einbiege, muss ich wieder mit aller Kraft die Handbremsen ziehen. Der Hinterreifen pfeift und bricht aus, Cipión wackelt bedenklich.

Denn eben stößt der Porschefahrer die Tür auf und steigt aus.

»Blödmann! Trottel!«

Der Staatsanwalt und die Kellnerin blicken mich an. »Und?«

»Nix. Ich habe ihn mit einem Schuss erlegt. Wie man das im Straßenverkehr halt so macht. Ende der Geschichte. Himmel, ich habe doch nur erzählen wollen, dass man in Stuttgart mit dem Fahrrad genauso schnell ist wie ein Porsche.«

»Ja, mit einem Fahrrad mit Beschiss!« Sally lacht, schüttelt die blonde Lockenmähne und kehrt hinter die Bar zurück.

»Und?«, fragt Richard. »Wer war es?«

»Weiß ich doch nicht. Ein Mann. Nicht mehr jung, angegraut, beigefarbenes Polohemd, hellbrauner Sakko, ein bisschen zerknittert alles. Ach ja, Goldkettchen mit Anhänger in Form des afrikanischen Kontinents, braun gebrannt.«

Richard schlitzt die asymmetrischen milchkaffeebraunen Augen. »Björn Sonneck?«

»Woher soll ich das wissen, Richard? Ich habe nicht mit ihm geredet. Er ist über die Straße gegangen und in einem Haus verschwunden. Er hat nicht einmal mitgekriegt, dass er mich zweimal fast vom Rad gestoßen hätte. Wie sie halt so sind, die Porschefahrer. Sie leben in einer Parallelwelt.«

»Genau diesen Mann mit dem Afrikaanhänger«, sagt Richard mit erwachender Bluthunderregung in der Stimme, »haben wir heute verhaften wollen, weil er seit Jahren für seine Angestellten keine Sozialabgaben zahlt. Er fährt einen silberfarbenen Porsche mit Waiblinger Kennzeichen. Wir haben ihn aber in der Firma nicht angetroffen. Seine neue Sekretärin hat uns mitgeteilt, er befinde sich auf Reisen in Tschechien.«

»Lass mich raten …«

»Die vorherige Sekretärin war unsere Hauptbelastungszeugin. Wir kommen auch ohne sie aus, aber …«

»Ihr werdet sie nicht brauchen, fürchte ich. Denn ihr werdet Sonneck wegen Mordes anklagen. Er war zur Tatzeit in der Nähe des Tatorts.«

»Und wie willst du beweisen, dass das im Heusteigviertel schon sein Porsche war? Sonneck wird das bestreiten.«

»Als Zeugin muss ich doch nichts beweisen«, brause ich auf. »Aber …« Eine kleine wilde Rachsucht aalt sich in Befriedigung. »Wir können es sogar beweisen.«

Richard zündet sich die Zigarette an. Eine Übersprunghandlung. »Wie?«

Als ob es nur des einen Zündfunkens bedurft hätte, knipsen und klacken auf einmal rund um uns herum an den Tischen die Feuerzeuge, springen die Flammen, knistern die Tabakkrumen, dampft es blau unter die Kupferlampen, werden die Stimmen lauter und froher. Es ist fast wie früher.

»Wie? Nun sag schon, Lisa!«

»Ich habe mich doch an der Schranke beim Alten Landtag kurz mal auf seinem Heck abgestützt. Meine Fingerspuren müssen auf dem Lack sein. Du musst Meisner anrufen. Vielleicht steht der Porsche noch in der Riekestraße. Blutspuren wird man sicherlich auch darin finden.«

Viertelesgläser klingen, der Stammtisch neben uns prostet sich zu.

Lehmann über *Lisa Nerz fährt Fahrrad*:
Ich fahre seit vielen Jahren ein Pedelec, ein Fahrrad mit Elektrounterstützung, das es mir erlaubt, in Stuttgart halbwegs stressfrei die Hänge hinaufzukommen. Eines Tages geschah genau das, was Lisa Nerz passiert: Ein Porsche scherte blinkerfrei aus und ich begegnete ihm dann am Ende meines Wegs wieder, weil er mich erneut schnitt. Dass man sich als Schriftstellerin an so einem Fahrer rächt, indem man ihn zum Mörder erklärt, ist das Mindeste. Gell? (Zuerst erschienen in: *A Schwob, a Mord?*, Ariadne 2008)

Der Engel von Ostheim

Das Polizeigeorgel war verklungen. Ein Hubschrauber schrapte noch über die Dächer von Stuttgart Ost, ein paar blauweiße Wagen düsten schweigend durch die Straßen. Ich hatte bei Polizeihauptmeister Christoph Weininger angerufen.

»Schwabenreporterin Lisa Nerz hier. Was ist denn los bei euch?«

»Das darf ich dir nicht sagen. Ruf die Pressestelle an.« Dann sagte er es doch: »Überfall auf einen Geldkurier in der Hackstraße, Täter bewaffnet, vermummt, auf der Flucht, vermutlich zu Fuß.«

Ich ließ mich von Cipión drängeln, auf die Gasse zu gehen. Der Dackel folgte den Urinspuren an den Hausecken der Neckarstraße, ich musterte die Leute, die auf dem Hochbahnsteig der Stadtbahn standen, eine Kopftuchtürkin, Jugendliche aus dem Zeppelin-Gymnasium bei der ersten Zigarette nach dem Nachmittagsunterricht, und zog weiter, die Stöckachstraße entlang zum Park der Villa Berg. Auf einer Bank am Weg saß eine alte Frau, viel zu warm angezogen für den Sommer, der seit Tagen im Stadtkessel kochte. Strümpfe an den Beinen, schiefe Schuhe, Armut in den Haaren. Mit mageren Unterarmen presste sie eine Plastiktüte in ihren Schoß und stöhnte in viel zu hohen Tönen.

»Alles okay?«, fragte ich.

Blaue Augen starrten mich erschrocken an.

»Kann ich Ihnen helfen?«

Cipión wedelte sie an. Ein Lächeln flüchtete über ihr Gesicht. »Ein hübscher Kerle. Wir haben früher auch Rauhaardackel gehabt.«

Ich setzte mich neben sie auf die Bank und fächelte mir Luft zu. »Haben Sie was mitgekriegt? Ganz hier in der Nähe haben sie einen Geldkurier überfallen.«

Die Alte schaute mich an. »Wie viel ist es denn?«

»Sicher einiges, wenn einer einen Kurier beauftragt.«

»Dem Geld sieht man ja nicht an, wo es herkommt«, bemerkte sie und zog die Plastiktüte unter ihren Busen hoch.

»Wie sieht es denn aus?«, fragte ich.

Sie pickte oben in die Tüte. »Ich kann mich an die Euros nicht gewöhnen. Viele gelbe und violette Scheine.«

»Zweihunderter und Fünfhunderter. Die sind selten.«

Sie nickte versonnen. »Ich hab noch nie einen gesehen.« Dann schaute sie mich an. »Er hat es in den Mülleimer an der Kirche gestopft. Ein junger Kerle. Ich denke noch, was müssen die jungen Leut alles wegschmeißen? Vielleicht kann ich es noch brauchen. Ich kann viel brauchen. Ich kriege ja kaum Rente. Und wenn ich es nicht brauchen kann, dann kann es ebber anders brauchen.«

»Und, können Sie es brauchen?«, fragte ich.

Die Alte seufzte. Es war fast ein Klagen wie bei unerträglichen Schicksalsschlägen. »Ojeojeoje! Was könnt man alles damit machen. Meine Tochter, die könnt ein neues Fahrrad brauchen, und der Enkel wünscht sich schon so lange einen Computer, und die Enkelin möchte gern Reitstunden haben.«

»Und Sie?«

»Ach, ich bin eine alte Frau, ich brauch nicht mehr viel. Ein paar neue Schuhe, das wäre gut, vom Orthopäden, damit mir die Zehen nicht immer so wehtun. Und na ja, eine Waschmaschine … die alte schlägt so, dass ich denke, sie springt mir durch die Küche.« Die blauen Äuglein begannen zu glitzern. »Und ich würde gern mal an den Bodensee fahren und in ein Hotel gehen. Dann würd ich mir das Essen aufs Zimmer bringen lassen wie die Filmstars. Und mit der Weißen Flotte ein Fährtle hinüber in die Schweiz machen. Als ich ein junges Mädle war, da waren wir mal in Nonnenhorn. Jesusmäßig verliebt habe ich mich da, in den Sohn vom Fischer, wo wir unsere geräucherten Felchen geholt haben.«

Ich versuchte zu ermessen, wie viele Jahrzehnte ihre Jugend her war. Da war ich noch gar nicht auf der Welt gewesen. In die Fünfziger musste ich mich da schon zurückdenken. Urlaubsfahrten mit dem Käfer. Und Jeans hat man damals auch noch nicht getragen.

»Und wenn ich mir jetzt einfach ein oder zwei … oder drei nehmen würde? Merkt das ebber? Oder ist das abgezählt und jemand verliert den Job, wenn ebbes fehlt? Eine Filialleiterin, ein Buchhalter. Die haben auch Familie?«

»Im Moment fehlt alles«, sagte ich. »Und dafür wird keiner entlassen.«

Sie kicherte. »Ist das nicht komisch? So viel Geld und niemand ist verantwortlich. Der Kurierdienst, der hat eine Versicherung, wo zahlt. Oder verliert jetzt der Kurier seinen Job?«

»Sicher nicht. Und wenn, dann würde man ihn in jedem Fall entlassen. Egal, ob das Geld wieder auftaucht oder nicht.«

Sie nickte. »Wollen Sie auch was? Ich hab gerade genug.« Sie kicherte vergnügt. »Ich geb Ihnen gern ebbes ab.«

»Was soll ich damit? Noch mehr Klamotten kaufen?«

Sie musterte mich mit dem Blick einer Frau, die meinen Jeans, meinem Shirt und dem Brilli in meinem Ohr ansah, was ich dafür bezahlt hatte. »Denken Sie nur an Klamotten? Haben Sie keinen großen Wunsch? Jeder hat einen ganz großen Wunsch. Ich meine, nicht so einen wie Hauptsache gesund. Als ich ein junges Mädle war, da war mein allergrößter Wunsch, einmal nach Amerika fliegen und in einem Cadillac fahren.«

»Mein größter Wunsch war ein eigenes Pferd«, sagte ich. »Das hat sich dann erfüllt. Mein Mann war Sohn eines Gestütsbesitzers an der Schwäbischen Alb. Aber Pferde machen saumäßig Arbeit. Und mein Mann ist dann gestorben. Ein Unfall mit dem Porsche.«

»Oh, das tut mir leid.«

»Mir nicht mehr. Ich habe ordentlich geerbt.«

»Und was machen Sie mit dem Geld?«

»Ich lasse es arbeiten.«

»Also, mein Mann ist ja auf und davon, und ich saß da, mit den beiden Kindern. Ich hab als Verkäuferin gearbeitet, in einem Kaufhaus. Nicht schlecht! Nur dass ich den ganzen Tag kein Tageslicht gesehen hab. Aber die Ausschussware haben wir bekommen. Wir konnten einmal im Jahr nach Italien fahren.«

»Und Ihr größter Wunsch heute, was wäre der?«, fragte ich. »Ein richtig großer, nicht das Wochenende am Bodensee.«

Sie legte den Kopf schief und sinnierte über den Park. Eine Amsel zog Regenwürmer aus der Wiese. »Wenn ich richtig viel Geld hätte … richtig viel … dann würde ich … dann würd ich erst mal meine Kinder versorgen. Ich tät ihnen ein Häusle kaufen, jedem. Und dann tät ich eine Stiftung gründen, wo nur für uns da ist, für die kleinen Leut, die wo grad so um die Runden kommen. Sie tät Kredite geben, wenn ebber was auf die Beine stellen will. Meine Nachbarin, die braucht Wolle, dann tät sie Pullover stricken, wo sie dann verkauft. Solche Sachen.«

»Klingt gut. Aber Sie haben nicht an sich gedacht.«

Die Alte lachte. »Was muss ich an mich denken, wenn ich andern helfen kann. Das ist das Schönste auf der Welt. Glückliche Gesichter sehen. Das tut man ja auch für sich. Nicht wahr? Auf einmal wär ich der Engel von Ostheim.« Sie kicherte. »Ich auf meine alten Tage wär wichtig und bedeutend, und die Leut würden kommen. Ich müsst ein Büro einrichten, ich hätt wieder was zu tun. Die Zeitung käme und tät mich interviewen. Das tät mir gefallen.«

»Dann los!«, sagte ich.

»Aber wenn ich das Geld jetzt auf die Bank trage, dann fragen sie doch, woher ich es habe.«

»Sie müssen das Geld irgendwo waschen.«

»Und wie macht man das?«

»Ein Lädle aufmachen, wo Sie irgendwas reintun – Kruscht, Trödel, Omas Töpfe, alte Bücher –, und dann behaupten, Sie würden mordsmäßig was verkaufen. Und alle paar Monate tragen Sie eine schöne Summe auf die Bank.«

Sie lachte. Dann fiel ein Schatten über das vom Leben ausgemalte Gesicht. »Aber das Geld, das hat doch ebber gehört.«

Ich überlegte. »Wenn es sich hauptsächlich um große Scheine handelt, dann sind es keine Tageseinnahmen. Vielleicht hat jemand Geld von der Bank am Stöckach geholt, um irgendwas bar zu bezahlen. Vielleicht am Finanzamt vorbei. Oder es ist Bestechungsgeld.«

»Und wenn es ein Familienvater vom Konto geholt hat, weil er damit ein Haus kaufen will? Und jetzt hat er alles verloren.«

»Die Versicherung zahlt. Deshalb hat er doch den Kurierdienst beauftragt.«

»Haben Sie denn kein Gefühl für das, was andern gehört, junge Frau? Die Versicherung holt sich's doch auch wieder von denen, wo die Versicherung zahlen.«

»Vielleicht stammt es gar nicht von dem Überfall«, lächelte ich. »Sonst hätte es eigentlich in einem Koffer stecken müssen. Und den kriegt man auch nicht so leicht auf, um es in eine Tüte umzuschichten. Vielleicht hat einer das Geld einfach nicht mehr brauchen können und weggeworfen.«

»Geld wirft man doch nicht weg!« Die Alte war richtig entrüstet. »Wo gibt's denn das?«

»Was machen die Leut täglich anderes als Geld zum Fenster rauswerfen? Für irgendein Glump. Und jetzt hat sich einer gedacht, eh er eine Jacht in einem Hafen liegen hat – das macht auch nur Geschäft und kostet Geld –, da wirft er es lieber gleich weg. Man sagt doch immer: Geld macht nicht glücklich.«

Die Alte seufzte. »Ojeoje! Und ich hab's jetzt am Hals!«

Ich weiß nicht, wie sie sich entschieden hat, denn Cipión zog fort, und ich musste weiter. Als ich nach meiner Runde durch den Park zurückkam, war die Bank leer.

Lehmann über *Der Engel von Ostheim*:
Im Sommer 2009 hatten etliche Autorinnen und Autoren die Ehre, umsonst eine Geschichte für Obdachlosenzeitungen in Deutschland, Schweiz und Österreich zu schreiben. Einzige Bedingung: Es sollten keine bärtigen Penner und ähnliche Klischees darin vorkommen. Ich dachte mir, Geld ist aber schon ein Thema, über das man immer mal nachdenken kann, egal ob man es hat oder nicht. (Zuerst erschienen in: *trottwar*, Stuttgart, Literaturausgabe 7/2009, und *Bank Extra*, Köln, 7–8/2009)

Der Zahlendolch

Wer sich abholen lassen will, fährt bis Dammtor. Anni wartete klein und dünn an der Treppe auf dem zugigen Bahnsteig.

»Hallo, Lisa!«, fröstelte sie. »Ich bin ja so froh, dass du kommen konntest. Ich habe mich unsterblich blamiert.«

»Darf ich vorstellen«, sagte ich und deutete auf meinen Begleiter im cognacfarbenen Dreiteiler mit Schlips und Kragen. »Das ist Dr. Richard Weber.«

Anni äugte respektvoll.

»Nein«, winkte Richard ab, »kein Mathematiker.«

»Aber er kann auch rechnen«, ergänzte ich. »Er ist Oberstaatsanwalt Wirtschaftsstrafsachen in Stuttgart. Und er möchte dich was fragen.«

»Mich?« Anni sah nicht aus, als sei sie derzeit imstande, Antworten zu geben. Dabei gehörte sie mit Sicherheit zu den zehn intelligentesten Frauen Deutschlands. Sie hatte eben ihre Dissertation über die Geschichte der alternierenden Differenzialformen abgegeben und zitterte seitdem. Sie zitterte so, dass sogar der Telefonhörer in meiner Wohnung in Stuttgart angefangen hatte zu zittern, als sie mir erklärte, sie sei überzeugt, ihre Arbeit sei banal, und sie habe sich unsterblich blamiert. Also hatte ich die Meisterschaften im Schlossöffnen als Anlass vorgeschoben, Anni meinen Besuch anzukündigen, und aus wie gewöhnlich undurchschaubaren Gründen hatte Richard sich den Freitag freigenommen, um mich zu begleiten.

»Es geht um Primzahlen«, erläuterte er, als wir die Treppen hinuntergingen.

»Etwa um die Goldbach'sche Vermutung?«, frage Anni. »Da müssen Sie unseren Goldbach fragen.« Sie lachte unmotiviert.

Richard lächelte höflich. »Eigentlich interessiert mich mehr das Faktorisieren.«

Er hatte versucht, es mir auf der Zugfahrt zu erklären. Vergeblich. »Es ist ganz leicht, zwei große Primzahlen zu multiplizieren«, hatte er behauptet. »Aber es ist sauschwer, bei einer hundertstelligen Zahl herauszufinden, das Produkt welcher Primzahlen sie ist.« Das hatte ich verstanden, aber alles, was er mir dann über asymmetrische Schlüssel erzählt hatte, hatte mein Begriffsvermögen überstiegen. Dagegen war es für mich ein Klacks, mit Pickwerkzeugen – alias Dietrichen – ein Sicherheitsschloss zu knacken oder zu picken, wie wir vom Verein der Sportsfreunde der Sperrtechnik sagten.

»Da lang«, dirigierte uns Anni. »Ich habe das Auto an der Uni stehen. Wir müssen nämlich noch schnell ins Institut. Meine Doktormutter, Frau Professor Reich, feiert ihren Fünfundsechzigsten, und da möchte ich noch mit ihr anstoßen.«

»Ich natürlich auch!«, sagte Richard. »

Das war mir neu. Wir traten aus dem Bahnhof hinaus und stellten uns dem Wind. Das Dammtor hatte den Vorteil, dass es vom Campus in akzeptabler Laufentfernung lag, zumindest in Hamburg, wo zwar viele Autos fuhren und auch sehr viele am Straßenrand parkten, aber Parkplätze praktisch nicht zu haben waren. Das war wie Lotto. Gewinnen tun immer nur die anderen. Eine einfache Wahrscheinlichkeitsrechnung vermutlich.

»Und was bitte schön ist die Goldbach'sche Vermutung?«, fragte ich.

»Christian Goldbach«, sagte Richard, »war ein preußischer Mathematiker, der 1742 in einem Brief an Leonard Euler die Vermutung angestellt hat, dass jede gerade Zahl, die größer als 2 ist, sich als Summe von zwei Primzahlen ausdrücken lässt.«

»Zum Beispiel«, ergänzte Anni, »ist die gerade Zahl 20 die Summe aus den beiden Primzahlen 13 und 7.«

»Kaum jemand zweifelt daran, dass Goldbach recht hat«, ergänzte Richard mit einem überraschend abenteuerlustigen Glitzern in den Augen, »aber Goldbachs Vermutung liegt nun schon 250 Jahre lang unbewiesen herum. 1998 hat der Mathematiker Jörg Richstein den Goldbach-Rekord aufgestellt und die Computer am Institut für Informatik in Gießen die geraden Zahlen bis 400 Billionen untersuchen lassen und kein Gegenbeispiel gefunden.«

»Aber das ist vermutlich kein Beweis«, stocherte ich.

Anni lachte. »Bei unendlich vielen Zahlen sind 400 Billionen ein Nichts!«

Die Mathematik und die Unendlichkeit … Das erschreckte mich immer. Bei Richard hingegen weckte es schlafende männliche Hormone. Er schritt frohgemut die lange Bundesstraße dahin bis zum Geomatikum, während mein Selbstbewusstsein schrumpelte angesichts der geballten Zahlenintelligenz, die im Institut für Geschichte der Naturwissenschaften, Mathematik und Technik zur Geburtstagsfeier einer Professorin versammelt war, die alles hatte, was ich nicht besaß: Intelligenz, die Fähigkeit, in Zahlen zu denken, und eine, wie ich gleich feststellen konnte, überbordende Herzlichkeit. Karin Reich war eine kleine, drahtige Frau mit Brille und schwarzen Locken und trug um den Hals eine Goldkette mit fünf geometrischen Körpern. Platonische Körper, wie ich vermutete, mich aber nicht zu sagen getraute.

»Ah, Herr Weber«, sagte sie mit bayrischem Zungenschlag, »das ist aber reizend, dass Sie auch gekommen sind!«

»Nicht ganz uneigennützig«, antwortete der Schwabe, immer ehrlich und selbstkritisch. »Es sieht so aus, als hätte irgendwer eine Methode entwickelt, den RSA-Schlüssel zu knacken. Und ich hoffe hier auf einen Zahlentheoretiker, der mir weiterhilft.«

»Da fragen Sie am besten unseren Goldbach«, antwortete Reich, lachte ebenfalls unmotiviert und blickte sich um. »Wo ist er denn? Professor Dr. Volker Goldacher ist unser Zahlentheoretiker.«

»Und er will tatsächlich die Goldbach'sche Vermutung beweisen?«, fragte Richard schmunzelnd.

»Er will, aber er kann nicht«, mischte sich ein Mann neben Reich ein, den Anni mir ehrfürchtig wispernd als Professor Dr. Eberhard Knobloch vorstellte. »Über Chens Beweis wird er nicht hinauskommen. Sie wissen, der chinesische Mathematiker, der 1966 zeigte, dass sich jede Zahl als Summe aus einer Primzahl und dem Produkt zweier Primzahlen darstellen lässt?«

Richard nickte.

»Wie?«, fragte ich Anni leise.

»20 = 11 + 3 x 3«, hauchte sie mir ins Ohr.

»Aber je größer die Zahl«, fuhr Knobloch fort, »desto mehr Möglichkeiten gibt es natürlich, sie als Summe zweier Primzahlen darzustellen.«

»20 ist 3 + 17 und 7 + 13, aber bei 30 gibt es schon drei Möglichkeiten. 7 + 23, 11 + 19 und 13 + 17«, half mir Anni.

Hurra, das hatte ich verstanden!

Wir drängten uns mittlerweile zu dreißigst im Zimmer E 12, dem bücherreichen Büro der Professorin. Auf dem Tisch klingelten Sektgläser. Ein Doktorand entkorkte die Flaschen und ließ den Schaumwein in den Flöten steigen, eine junge Mathematikerin verteilte die Gläser.

»Und der RSA-Schlüssel?«, fragte ich Anni. »Was ist das?«

»Das ist ein Verfahren, das die drei Herren Rivests, Shamir und Adlemann 1978 veröffentlicht haben. Im Prinzip geht es darum, dass der Klartext mit einem öffentlichen Schlüssel verschlüsselt und mit einem privaten Schlüssel entschlüsselt wird. Wobei es leicht ist, in eine Richtung zu rechnen, und fast unmöglich, wieder zurückzurechnen.«

»Aha! Soso!«

»Der Witz ist: Man verwendet zwei geheime Primzahlen. Jetzt kann das Produkt der beiden Primzahlen öffentlich bekannt sein, ohne dass Fremde herausbringen, aus welchen beiden Primzahlen es multiplikativ erzeugt wurde.«

»Das hat dann aber nichts mit der Goldbach'schen Vermutung zu tun, denn hier geht es nicht ums Summieren, richtig?«

»Richtig. Ein Beispiel: Du erzeugst aus den Primzahlen $p = 31$ und $q = 53$ eine geheime Zahl $m = 1643$. Diese Modulzahl m gehört zum öffentlichen Schlüssel. Geheim wiederum ist $(p - 1)(q - 1) = 1560$. Dann erzeugt man eine große Primzahl, aber zur Demonstration nehmen wir mal eine kleine: $e = 67$. Gesucht wird nun eine Zahl d, die die Bedingung $(e * d)$ Modulo $1560 = 1$ erfüllt. Die Zahl d wäre dann 163 und ist wieder privat. Also haben wir den öffentlichen Schlüssel $e = 67$ und den privaten $d = 163$ und die Modulzahl $m = 1643$.«

Richard nickte. Ich stöhnte. Das Beispiel hatte meinen ersten Funken von Verständnis gelöscht. Selbst wenn ich die Zahlen schriftlich vor mir gehabt hätte, hätte ich nichts begriffen. Musste ich aber ja vielleicht auch nicht. Hauptsache, ich verschloss meine Pins folterresistent in meinem Kopf. Was schwierig genug war, denn mein Gehirn taugte nur schlecht dazu, sich Zahlenfolgen zu merken, selbst wenn sie nur aus vier Ziffern bestanden. Richards Gehirn war dagegen ganz anders ausgebaut.

»Bislang«, sagte er, »ist noch kein ausreichend schnelles Verfahren bekannt, das Produkt zweier großer Primzahlen zu faktorisieren. Bei einer 200-stelligen Zahl brauchte man bislang etwa anderthalb Jahre und riesige Rechnerverbünde. Und die heute üblichen Schlüssel haben 300 Stellen.«

Annis blaue Augen leuchteten meinen Staatsanwalt an.

Wir wurden unterbrochen, weil Frau Professor Reich nun Wert darauf legte, auch mir die Hand zu schütteln. »Freut mich sehr, Sie kennenzulernen, Frau Nerz. Wir haben uns ja damals in Stuttgart nicht getroffen.« Dabei musterte sie mich wie eine alte Bekannte, ohne sich an der Narbe in meinem Gesicht aufzuhalten oder sich auch nur mit dem allerkleinsten Brauenzucken über meine martialische Kluft aus zerrissenen Jeans und Bomberjacke zu mokieren. »Sie sind Detektivin, nicht? Sie müssen ja sicher viel recherchieren.«

»Frau Professor Reich ist nämlich selbst eine Meisterin der Recherche«, sagte Richard.

Sie winkte ab.

»Und ich sage lieber Journalistin zu meinem Beruf«, erklärte ich. »Und von denen gibt es wiederum wenige, die mich an Unfähigkeit noch untertreffen.«

Reich lachte. »Stellen Sie Ihr Licht nicht unter den Scheffel. Ohne Sie wäre der Schulhofmord in Stuttgart nicht aufgeklärt worden[1], und beim Höhlenmord[2] auf der Schwäbischen Alb haben Sie auch Ihren entscheidenden Beitrag geleistet, wenn ich Herrn Weber richtig verstanden habe. Und dann gab es ja noch diese Geschichte im Schlachthof, diesem Fitnesscenter[3], nicht?«

Sie war erstaunlich gut über mich informiert, und Richard tat so, als bemerkte er nicht, dass ich ihn fragend anblickte, immer wieder erstaunt über seine illustren Freundschaften und noch mehr darüber, dass er mit ihnen vertrauensvoll meine nicht unproblematische Existenz in seinem Leben besprach. Er musste Reich kennengelernt haben, als sie noch in Stuttgart arbeitete, schloss ich aus alldem.

»Anstoßen!«, rief jemand.

»Wo ist unser Goldbach?«, rief jemand anders.

Eine große dünne Person in giftgrünem Rollkragenpullover eilte hinaus und kam gleich darauf mit gerunzelter Stirn zurück. »Er öffnet nicht! Und er antwortet auch nicht.«

Richard zog die Brauen zusammen, und sein Blick aus milchkaffeebraunen Augen wurde sehr asymmetrisch. Er neigte dazu, das Schlimmste zu befürchten.

»Wieso öffnet er nicht?«, fragte ich blöde. »Vielleicht ist er nicht da.«

In den Gesichtern der Fakultätsangehörigen nistete sich jene akademisch wohlerzogene Verstocktheit ein, die auf Querulantenzuschlag schließen ließ.

»Goldbach schließt sich immer ein«, erklärte mir Anni leise die Marotten des akademischen Lebens. »Er arbeitet Tag und Nacht, schon seit Jahren, und will nicht gestört werden.« Das

1 Harte Schule, Ariadne Krimi 1157, Hamburg 2005

2 Höhlenangst, Ariadne Krimi 1161, Hamburg 2005

3 Gaisburger Schlachthof, Ariadne Krimi 1167, Hamburg 2006

war, wenn man eine mathematische Vermutung beweisen wollte, wohl üblich.

»Na, dann eben nicht!«, rief Reich.

Wir stießen an, die Gläser klangen. Binnen kurzem hatten sich die üblichen Seil-, Freund- und Partnerschaften gruppiert und unterhielten sich über Raumbelegung, Bibliotheken oder Sternwarten. Angeregtes Gemurmel füllte den winzigen Raum. Ein schicklicher Moment, Anni zu fragen, wo Goldbach sein Büro hatte.

Sie brachte mich den neondüsteren Gang entlang, drei Türen weiter. Richard folgte uns, entweder besorgt, dass ich etwas Unsittliches anstellen könnte, oder erpicht, das Zahlengenie kennenzulernen.

Anni klopfte. »Hallo! Herr Professor Goldacher!«, rief sie. »Sind Sie da?«

Universitäre Stille.

Ich drückte die Klinke. Abgeschlossen.

Anni runzelte die Stirn. »Aber er ist da! Um diese Zeit ist er immer da. Außerdem hat Heike ihm heute Nachmittag noch mal gesagt, dass wir heute Abend anstoßen wollen, und er hat zugesagt, dass er kommt.« Anni klang ehrlich besorgt.

»Dann schauen wir einfach mal«, sagte ich und zog aus der Innentasche meiner Pilotenjacke das Besteck heraus. Richard runzelte die Stirn, denn ich war im Begriff, vor den Augen der Staatsgewalt die Grundregel der Freunde der Sperrtechnik zu verletzen, die da lautete, dass wir keine Türen öffneten, sondern nur Schlösser, vorwiegend in der Hand, nicht in Türen.

Anni staunte. »In den Fernsehkrimis sieht das aber ganz anders aus.«

»Ja, weil sie immer mit zwei Picks im Schloss herumstochern und es binnen einer Sekunde offen haben, was technisch unmöglich ist. Und nie arbeiten sie mit Spanner.«

Ich zeigte Anni den Stahlhaken, den man im Schlüsselschlitz des Schlosskerns einhakte und mit der linken Hand fortwährend einem leichten Druck aussetzte.

»Im Grunde ist es wie das RSA-Verfahren«, murmelte ich, während ich mit dem Pick die Stifte im Schloss abtastete. »Drinnen hast du den öffentlichen Teil des Schlüssels. Er besteht aus drei bis fünf Stahlstiften, die vom Schlossgehäuse in den beweglichen Schlosskern hineinragen und ihn sperren. Jeder Stift ist zweigeteilt, der untere ruht im Gehäuse auf einer Feder, obendrauf sitzt ein zweiter mit Spitze, der in den Kern ragt. Nun kommt dein privater Schlüssel mit seinen Zinken. Jede Zinke drückt jeden einzelnen Stift jeweils so tief hinunter, dass die untere Hälfte ins Gehäuse fährt und die obere im Kern bleibt, die Teilungsnaht aber genau auf der Linie liegt, auf der der Kern im Gehäuse gleitet. Dann ist die Sperre weg, und du kannst den Schlüssel drehen.«[4]

»Interessant«, sagte Anni, ohne ihrerseits viel zu verstehen. Die meisten Dinge des Alltags benutzten wir mit so viel Urvertrauen, dass wir uns niemals fragten, was drinsteckte. Wie ein Radio funktionierte, lernte man ja noch in der Schule, den Aufbau eines ganz normalen Zylinderschlosses aber nicht.

»Wir Sperrtechniker«, prahlte ich, »machen uns die kleinen Ungenauigkeiten beim Bohren der Löcher für die Stifte zunutze. Sie lassen den Stiften nämlich Spiel. Mit dem Spanner gebe ich Druck auf den Kern in Öffnungsrichtung, und mit meinem Pick versuche ich den Stift zu finden, der jetzt Reibung hat. Den drücke ich so weit hinunter, bis die untere Hälfte im Gehäuse versinkt, aber nur so weit, dass die obere

4 Am besten, Sie schauen sich die Funktion eines Schlosses auf der Internetseite http://www.wdrmaus.de/sachgeschichten/zylinderschloss/ an.

im Kern bleibt und dann gibt es … siehst du! … einen Klick. Und nun suche ich den nächsten mit Reibung und so fort. Es ist immer ein ziemliches Gefummel.«

»Vor allem ist es Einbruch«, tadelte Richard.

»Gefahr im Verzug!«

»Dann sollten wir die Feuerwehr holen!«

»Das können wir ja immer noch tun.« Als ich den zweiten Stift runterdrückte, sprang mir der erste wieder hoch. »Shit!« Bei den Deutschen Meisterschaften im Schlossöffnen würde man uns eine Viertelstunde Zeit geben, um ein unbekanntes Schloss zu öffnen, auch wenn die Genialen nur sechs Sekunden brauchten. Ich würde wahrscheinlich in der ersten Runde rausfliegen, weil ich mein eigenes mitgebrachtes Schloss nicht in fünf Minuten aufbrachte.

Anni hämmerte plötzlich mit der Faust gegen die Tür und schrie: »Professor Goldacher!« Mir sprang der Spanner aus dem Schloss, und dann klackten die drei bereits hinuntergedrückten Stifte wieder hoch. »Anni, lass das!«, sagte ich entnervt und setzte neu an, während Richard resigniert Augen und Ohren der Staatsmacht zuklappte und den Gang hinunterschlenderte.

Der Spanner gab urplötzlich nach. »Offen!«, wunderte ich mich.

Anni fand das weniger verblüffend.

Mit Hilfe des Spanners drehte ich den Kern gegen den Widerstand der Sperre, die hörbar zurücksprang, herum. Türklinke runter. Glück gehabt. Goldbach hatte nicht zweimal abgeschlossen, sonst hätte ich noch mal picken müssen.

Eine Affenhitze schlug mir entgegen. Am Tisch saß ein großer, dicker Mann und schaute mich an. Aber das kirschrot angelaufene Gesicht mit den regungslosen blauen Augen lag mit der Wange auf der Tischplatte.

Ich schob Anni mit Heldengeste weg von der Tür und hinter mich. »Kohlenmonoxid! Hat er einen Gasofen da drin?«

Anni nickte. »Goldbach braucht es warm. Was ist mit ihm?«

»Er ist tot.«

Anni schlug die Hände vor den Mund. Richard drehte sich um und kam herbei.

Ich holte tief Luft und hielt den Atem an, trat ins Zimmer, lief um den Tisch herum zum Fenster und riss es auf. Kohlenmonoxid war ein tückisches Gift: Man roch es nicht, es löste keine Atemnot aus. Erst machte es euphorisch, dann gleichgültig[5], dann trat der Tod ein.

In der Ecke hinter Goldacher brutzelte ein Gasheizstrahler, den ich ausstellte.

»Wir müssen die Polizei rufen«, sagte Richard mit belegter Stimme, als ich wieder im Gang stand.

Anni eilte davon.

»Geht's?«, erkundigte ich mich, denn Richard keuchte blass neben der Tür. Er neigte dazu, angesichts des Todes umzukippen, weshalb er als Staatsanwalt für Tötungsdelikte völlig ungeeignet gewesen wäre. Aber hier sah ohnehin nichts nach Mord und Totschlag aus. Also musste er auch nicht hinschauen.

Anni war kaum entschwunden, da versammelte sich auch schon die ganze Geburtstagsgesellschaft im Gang an

5 Kohlenmonoxid entsteht, wenn Brennstoffe unter Sauerstoffmangel unvollständig verbrannt werden. Eine Konzentration von nur 0,2 Prozent in der Luft führt binnen Minuten zum Tod. Unsere roten Blutkörperchen haben eine 250-mal stärkere Neigung, CO an sich zu binden als CO_2. Damit ist das Hämoglobin für die Sauerstoffversorgung blockiert. Symptom einer Kohlenmonoxidvergiftung ist eine rosige bis kirschrote Hautfarbe.

Goldachers Tür. Die Worte »schrecklich, fürchterlich, furchtbar« waberten um uns herum. Die lange dünne Frau mit dem giftgrünen Rollkragenpullover stürzte ins Büro, suchte am Hals des Toten nach dem Puls und schüttelte bleich den Kopf. Die Mathematiker vor der Tür kamen dann schnell auf die Krimiformel: Wer hatte Goldbach, alias Goldacher, wann zuletzt gesehen und wo?

»Vor zwei Stunden«, erklärte die Frau mit dem grünen Pullover, »habe ich ihn auf dem Gang getroffen und ihm gesagt, dass wir heute Abend feiern.« Das war dann also die Heike, die Anni vorhin erwähnt hatte.

Eine Doktorandin reichte ihr ein rasch aus irgendeiner Kaffeeküche organisiertes Geschirrtuch. Heike legte es über den Kopf des Toten.

»Würden Sie bitte herauskommen«, drängelte Richard. »Alles Weitere ist Sache der Polizei.«

Die Oktobernacht fuhr, als ich die Tür zuziehen wollte, als kalter regnerischer Windstoß durchs offene Fenster herein und wirbelte Papiere vom Schreibtisch. Ich stürzte hinein und haschte. Anni half. Es war offensichtlich, dass der Mathematiker noch mit der Hand schrieb, denn die Computerprogramme mit ihren Formelgeneratoren waren für mehrstöckige Funktionen zu umständlich.

Goldbach hatte allerdings auch einen starken Computer unterm Tisch stehen. Ich schaute mich um. Der Tisch mit Lampe, auf dessen flachem Fuß ein Schlüsselbund lag, ein Bildschirm, hinter Goldacher eine leergewischte Tafel, gegenüber ein massives Regal mit wenigen Büchern, aber einem anthrazitfarbenen Zimmersafe in etwas mehr als Laptopgröße, der ins Regalbrett und in die Wand eingeschraubt war. Eine Kleinigkeit machte allerdings stutzig. Im dunklen Holz des Bretts leuchtete eine helle Scharte, ein Splitter fehlte.

Ich sah Richards Blick denselben Weg nehmen. Er hatte sich inzwischen hereingetraut, kehrte aber dem Toten den Rücken zu.

»Und was hat Goldbach da gerechnet?«, fragte ich Anni, die befremdet auf die beschriebenen Blätter starrte.

»Nichts.«

Ich sah Alphabete und Zahlen.

»Videbunt in quem transfixerunt«, sprach Richard.

»Bitte?«, schnappte ich.

»Stifel!«, bemerkte Reich auf einmal.

Das klang für mich wie Schuhwerk.

»Michael Stifel«, kramte Richard im Fundus seiner umfassenden Bildung, »ein Priester und Mathematiker des 16. Jahrhunderts aus Esslingen …«

»Das liegt bei Stuttgart«, ergänzte Reich, was den Hamburgern nicht so präsent sein mochte wie mir.

»Stifel betrieb Wortrechnung, das heißt, Buchstaben stehen für Zahlen und umgekehrt«, erläuterte mir Richard, »und berechnete damit den Weltuntergang für den Sonntag, den 19.10.1533 morgens um 8 Uhr. Und zwar mit Hilfe einer Stelle aus Johannes 19,37. ›Sie werden sehen, in wen sie gestochen haben‹, auf Latein: ›Videbunt in quem …‹«

»Schon gut!«

»Nimmt man aus dem Satz nur die Buchstaben, die römischen Ziffern entsprechen – VID, V, I, VM, IX, V –, und ordnet sie absteigend, dann ergibt sich MDXVVVVIII oder MDXXXIII ist gleich 1533.«

Reich und Knobloch nickten. Anni nicht. Keine Schande. Sie war zu jung für so viele historische Details.

»Und da der Weltuntergang an einem Sonntag stattfinden musste, errechnete Stifel mit Hilfe der Multiplikation der beiden biblischen Symbolzahlen 7 und 6 den 42. Sonntag des Jahres. Gott sei Dank erwies sich die Prognose als falsch. Auf Betreiben Luthers wurde Stifel in Schutzhaft genommen und entging so dem Zorn seiner Gemeinde, musste aber der Wortrechnung abschwören. Anschließend widmete er sich quadratischen Gleichungen und Logarithmen.«

Alles sehr schön, aber: »Wie kommst du jetzt darauf?«

Richard nahm Anni die Blätter aus der Hand. »Buchstaben und Zahlen. Und dort liegt die Bibel.«

Allgemeine Verwunderung malte sich auf den Gesichtern in der Tür. Das gehörte nicht gerade zu den anspruchsvollen Fragen der Zahlentheorie.

»Richard«, sagte ich, »ich glaube, jetzt ist nicht die Zeit für deine übliche Geheimniskrämerei. Du hast mich nach Hamburg begleitet, um mit Goldacher zu sprechen, richtig? Warum? Was hätte er dir sagen können?«

In Richards Mundwinkeln zuckte Abneigung gegen unverblümte Fragen, dann räumte er ein: »Wir befürchten, dass jemand einen Algorithmus gefunden hat, mit dem man die meisten RSA-Codes vergleichsweise schnell knacken kann. Das zumindest lassen einige Einbrüche in die Rechner von Banken vermuten.«

»Und du hast Goldacher in Verdacht, dass er …«

»Nein, ganz und gar nicht! Aber Goldacher ist … war … soviel ich informiert bin …«, er warf Reich einen kurzen Blick zu, »… einer der führenden Zahlentheoretiker. Ich wollte mit ihm reden. Übers Faktorisieren und die Leute, die daran arbeiten, und wie weit sie sind. Unsere Spezialisten des Landeskriminalamts haben nämlich ein Hamburger Rechenzentrum ermittelt, das bei den Einbrüchen in die Bankserver eine Rolle spielte. Welches, will ich aus ermittlungstaktischen Gründen nicht sagen. Wir haben auch einen Informatiker in

Verdacht. Da Goldacher in diesem Rechenzentrum hin und wieder Rechnungen hat durchführen lassen, hatte ich gehofft, dass er …«

»Volker … äh, Herr Professor Goldacher hatte nichts mit diesen Leuten zu tun!«, unterbrach ihn Heike überraschend aggressiv. »Er arbeitet … äh, arbeitete seit Jahren am Beweis der Goldbach'schen Vermutung. Es liegt alles im Safe!«

»Ja, natürlich«, sage Richard begütigend zahm. »Wo bleibt die Polizei eigentlich? Auch der Notarzt müsste längst hier sein.«

»Wahrscheinlich finden sie wieder den richtigen Eingang nicht«, bemerkte Reich trocken.

»Nein, Lisa, komm da weg!«, rief Richard und packte mich mit seiner kraftsportharten Hand am Arm.

Dabei hatte ich mich nur ein klein wenig mit Augen und Nase dem Safe im Schrank und der Scharte im Holz genähert, die Hände züchtig auf dem Rücken. Auf dem grauen Kasten befanden sich zwölf runde Tasten, die Digitalanzeige gab Raum für sechs Stellen.

»Kennen Sie die Geheimzahl?«, wandte ich mich an Heike.

»Natürlich nicht!«

Ich fragte mich, ob ein Mathematiker, der seit Jahren am Beweis der Goldbach'schen Vermutung arbeitete, eigentlich hin und wieder zwischendurch Sex gehabt hatte, beispielsweise mit der großen dünnen Dame, die neben der Leiche stand in einer Haltung ewig mütterlicher Sorge, die Frauen gegenüber weltfremden Genies so gerne annehmen. Allerdings hätte Heike, falls ihre Beziehung zu dem Mann unter dem Geschirrtuch intim gewesen war, irgendein Zeichen von Trauer zeigen müssen. Oder nicht?

»Und jetzt raus hier!«, sagte Richard energisch und zog mich zur Tür, womit er auch alle anderen bewog, den Raum zu verlassen. »Außerdem sollte jemand hinuntergehen und nach Polizei und Notarzt Ausschau halten.«

Zwei Assistentinnen oder Doktorandinnen gingen. Ich nutzte das vorübergehende Durcheinander, um Anni zu fragen, wer Heike eigentlich sei. »Hat gerade bei Goldbach ihren Doktor gemacht«, erfuhr ich, ehe sich die ganze mathematische Fakultät wieder im Gang verklumpte. Diesmal schweigend.

»Goldbachs Geheimzahl müsste doch eigentlich rauszukriegen sein«, sagte ich in die Stille.

Heike lachte entrüstet. »Wie denn? Allein bei einer vierstelligen Pin gibt es zehntausend Möglichkeiten.«

»Aber keine Zahl, die sich ein Mensch ausdenkt, ist beliebig. Er wählt immer Ziffern, die in seinen Assoziationsfeldern im Gehirn verankert sind. Zahlen mit Beziehungen eben. Ich würde 7 und 13 wählen. Richard vielleicht den 19.10.1533.«

»Nein«, widersprach er lächelnd. »Ich würde 1, 1, 2, 3, 5, 8, 13 nehmen und irgendetwas damit machen.«

»Fibonacci«, sagte Anni und strahlte Richard mit mehr Bewunderung an, als ich statthaft fand.

»Und was ist das?«, fragte ich, ergeben in meine Rolle als Depp.

»Die Fibonacci-Zahlen?«, schwärmte Anni. »Das sind die Goldenen Zahlen! Die Zahlen der Harmonie und Schönheit. Den Goldenen Schnitt in der Kunst, den kennst du doch?«

Ich nickte.

»Und fast alles, was wir gestalten, folgt der Regel, dass wir beispielsweise ein Höhe von 8 zu einer Breite von 5 als ausgewogen empfinden, also ein Verhältnis von 1,6 zu 1. Zwei Strecken stehen im Verhältnis des Golden Schnitts, wenn sich die größere zur kleineren verhält wie die Summe aus beiden zur größeren. Und nun kommen die Fibonacci-Zahlen ins Spiel. Teilt man beispielsweise 13 durch 8 oder 21 durch 13 oder andere Paare, dann nähert sich der Quotient immer mehr der Zahl 1,6180… an, der Goldenen Zahl Φ, der irrationalsten aller Zahlen[6]!«

Selten hatte ich Anni so glühend gesehen, so verliebt!

»Die Fibonacci-Folge entsteht, indem man mit 1 plus 1 beginnt. Das ergibt 2. Dann nimmt man die vorhergehende Zahl, also 1, und addiert sie zu dieser 2, ergibt 3. Die 3 wiederum addiert man zu der vorhergehenden 2 und erhält 5, 3 plus 5 ist dann 8, 5 plus 8 ist 13, 8 plus 13 ergibt 21 und so weiter bis ins Unendliche.«

Mir sackte das Herz ins Gedärm. Das Unendliche! Da war es wieder. Und ein Toter hinter der Tür.

»Aber das Verrückte an diesen Goldenen Zahlen«, griff Richard mit ähnlichem Liebesglühen in den braunen Augen ein, »ist, dass sie sich in jeder Anordnung in der Natur widerspiegeln – in der Art, wie Tannenzapfen aufgebaut sind, wie Blütenblätter um den Stängel herum wachsen oder in der Spirale eines Schneckenhauses. Φ ist die universelle Zahl aller Proportionen des Lebens. Die Zahl, die alles zusammenhält. Und zugleich doch nur ein Zahlenspiel von geheimnisvoller Einfachheit, das ein Mathematiker im 13. Jahrhundert anstellte.«

»Und das Zeichen, das all diese magische Schönheit ausdrückt, ist das Pentagramm«, schmachtete Anni. »Denn beim Pentagramm lassen sich alle Strecken und Teilstrecken ins Goldene Verhältnis setzen.«

Ich sah den Sowjetstern vor meinem inneren Auge aufflammen. »Also gut«, resümierte ich nüchtern, »dann hat

6 Für alle Nicht-Mathematiker und solche, die nicht Dan Browns *Sakrileg* gelesen haben: Φ ist ein griechischer Buchstabe, der sich »Phi« spricht.

Goldachers Safe-Pin etwas mit Stifels Wortrechnung und mit den Fibonacci-Zahlen zu tun.«

Alle starrten mich an.

»Wieso sollte es?«, fragte Reich pragmatisch.

»Weil wir im Zusammenhang mit diesem Goldacher daran denken, darum«, antwortete ich kategorisch. »Und weil wir Menschen immer auf dieselben Zusammenhänge kommen.«

»Und an welchen Zusammenhang dachten Sie?«, fragte Knobloch freundlich.

Ich machte eine luftige Geste. War ich die Mathematikerin? Hatte ich mich etwa in güldene Zahlen verliebt?

»Und wenn man …«, überlegte Anni, »… wenn man … nun die 1533 nähme und … immerhin stecken da drei Fibonacci-Zahlen drin, 1, 3 und 5.«

»Aber so kommt man noch nicht einmal auf drei Stellen«, bemerkte Richard. »Selbst dann nicht, wenn man sie miteinander multiplizieren würde.« Immerhin war er auf den Geschmack gekommen, und gleich einem Bullterrier würde er nicht mehr loslassen, was er einmal zwischen die Zähne bekommen hatte. »Aber wie wäre es mit 42 – für den 42. Sonntag – mal 1533.«

Die Mathematiker um mich herum rechneten stumm – und im Kopf! Ich war unwillkürlich fasziniert. Schnell stellten sich reihum zufriedene Mienen ein. Man überließ die Antwort jedoch höflich Richard. Was mich in Panik versetzt hätte!

»Das wäre dann vierundsechzigtausenddreihundertsechsundachtzig«, sagte Richard unbefangen. »In Ziffern: 64386.«

Alle runzelten die Stirn.

»Keine schöne Zahl«, bemerkte Reich, als sei Schönheit tatsächlich eine Kategorie für Zahlen. War es aber! Und mein

Verhältnis dazu war die eines Gehörlosen zur Harmonie der Akkorde.

»Immerhin«, fand Anni, »steht vorn und hinten die 6.«

»Die Zahl des Bösen«, sagte Richard, »jedenfalls der Johannes-Offenbarung zufolge.«

»Aber die 3 in der Mitte steht für Gott.«

»… und für den Tod!«, warf Richard erneut ein.

Allgemeines Sinnieren. Am Ende versteckte sich in jedem Mathematiker immer auch ein Zahlenmagier?

»Und wenn man …«, begann ich, verschluckte mich aber angesichts der allgemeinen freundlichen Aufmerksamkeit der versammelten Intelligenz. »Ach nein … blöde Idee.«

»Was denn?«, fragte Reich höchst interessiert.

»Wenn man irgendwie das Fibonacci-Prinzip auf Stifels Weltuntergang anwenden würde?«

»Wie soll das denn gehen?«, bügelte Heike ab.

»Warte mal!«, sagte Anni. »Nehmen wir die Zahlen des Datums: 19 und 10, und addieren sie. Macht 29. Dazu addieren wir jetzt wieder die 10, macht 39. Und zählen wir zur 39 die 29 dazu und so weiter.«

»Und wie weit?«, frage Heike mit einem stutenbissigen Unterton.

»Bis Platz 1533 in unserer Folge.«

»Quatsch, dann landen wir bei einer irrsinnig großen Zahl! Das ist doch überhaupt alles Quatsch. Da drin liegt ein Toter und wir machen hier Zahlenspiele!«

Fast konnte man den Eindruck haben, als hätte Heike kein gesteigertes Interesse daran, dass wir den Safe aufbekamen, bevor die Polizei erschien, alles mit bunten Bändern absperrte und, wenn sie ging, das Büro versiegelte.

»Aber die Grundidee ist gut«, bemerkte Richard ungerührt. »Wie wäre es, wenn wir den Monat Oktober, also

10, an eins setzen, die 1533 an zwei und dann bis Stelle 19 addieren?«

»Dann sind wir bei sieben Stellen«, überschlug Anni.

»Es sollten aber nur sechs sein«, gab ich zu bedenken. »Zumindest hat die digitale Anzeige am Safe nur sechs Stellen.«

»Oder umgekehrt«, sagte Reich. »Wir setzen 19 an eins und 1533 an zwei und addieren bis Platz 10.«

Wieder setzte allgemeines Kopfrechnen ein.

»52521«, platzte diesmal einer aus den hinteren Reihen heraus.

Ein Leuchten ging über die Gesichter.

»Eine schöne Zahl! Besteht nur aus Fibonacci-Zahlen«, lächelte Anni.

Es knisterte förmlich im trüben Gang der mathematischen Fakultät. Alle schauten Richard an, als sei er der Mann, der uns den Zutritt zu Goldachers Zimmer noch einmal erlauben konnte. Richard rang mit sich. Heldenhaft! Meist siegte bei ihm die schwäbische Korrektheit über sein Jagdhundtemperament. Er fand eine für ihn typische Lösung. Er zog sein Handy aus dem Jackett, verkündete: »Ich rufe noch mal bei der Polizei an, wo die bleibt«, und wandte sich ab.

Jetzt war ich dran. Ich klinkte die Tür auf. Anni, Heike, Reich und Knobloch und einige weitere folgten mir. Inzwischen herrschte eine biestige Oktoberkälte im Zimmer. Noch sechs Tage bis Weltuntergang, dachte ich, wenn auch 473 Jahre zu spät. Was für Zahlen in diesem Zusammenhang![7]

Ich umwickelte meinen Finger spurensicher mit einem Taschentuch. Als ich die 52521 einzutippen begann, stand

7 4 für Erde, 3 für Gott und 7, die Summe aus beiden, in der Mitte.

Richard wieder neben mir und murmelte: »Polizei kommt. Eine Panne. Sie hatten die Adresse nicht richtig verstanden.«

Das motorgetriebene Bolzenschloss surrte.

»Offen!«, sagte Reich verwundert.

Im innen samtrot gestrichenen Tresor lag ein Stapel Papiere. Richard nahm ihn heraus. Obenauf lagen eine Versicherungspolice und ein von Hand beschriebenes Blatt, aber ohne Zahlen.

»Eine Lebensversicherung und ein Testament«, stellte Richard fest. »Das Testament wurde im August ausgefertigt. Hauptnutznießer von beidem ist Frau Heike Wirsum.«

Plötzlich lautes Schluchzen. Wir fuhren herum. Es war unsere lange dünne Heike in ihrem grünen Pullover. »Volker hatte Krebs!«, heulte sie. »Einen Hirntumor! Er hat ihm den Zahlenraum zerfressen, hat er gesagt.«

»O Gott! Das ist ja schrecklich. Wie furchtbar«, murmelte es. Mitleidige Blicke gingen zu Goldacher hinüber, dessen kranker Kopf mit dem nun erloschenen Gehirn unsichtbar unter dem Geschirrtuch auf der Tischplatte ruhte.

»Es fing vor einigen Monaten an«, schluchzte Heike hervor. »Volker konnte die großen Zahlen nicht mehr finden, der Zahlenstrahl wurde löchrig. Er konnte nicht mehr im Kopf rechnen. Er fand sich nicht mehr zurecht. Als ob in seinen Zahlenräumen jemand nach und nach das Licht ausgeknipste. Und ohne seine Freunde, die Zahlen, konnte er nicht leben.«

»Aber warum heute?«, fragte Richard mit dem Maß an Sachlichkeit, das meistens beruhigte.

»Das weiß ich nicht. Ich weiß nicht, warum heute. Er wollte Schluss machen, das stimmt, aber doch nicht jetzt schon! Wir wollten doch noch ...« Heike heulte aus vollen Kübeln. Reich legte den Arm um die junge Frau.

Währenddessen rückte Anni an Richard heran, Schulter an

Oberarm, und schielte auf das Manuskript in seinen Händen. »Das sieht aber nicht nach der Goldbach'schen Vermutung aus«, bemerkte sie enttäuscht.

Heike fuhr auf: »Volker stand kurz davor, die Goldbach'sche Vermutung zu beweisen. Vielleicht hat er den Beweis heute vollendet und dann … Geben Sie her, das gehört mir! Ich bin die Haupterbin! Eigentlich wollten wir noch heiraten!«

»Oh!«, entfuhr es Anni, dann lachte sie, schlug sich aber sofort die Hand vor den Mund.

»Was hat er denn da gemacht?«, murmelte Reich, den Blick auf das Manuskript in Richards Händen gerichtet. »Der faktorisiert doch!«

»Und zwar mit dem Gittersieb«, ergänzte Knobloch, »mit dem es John Pollard 2003 gelang, die bisher größte schwer faktorisierbare Zahl RSA-576 zu faktorisieren, eine Zahl mit 174 Stellen. Aber was macht er hier denn jetzt? Komisch!«

Sie nahmen Richard das Manuskript weg und zerfledderten es unter sich.

»Hat er nun einen genialen Algorithmus gefunden?«, fragte Richard gierig, sein gesamtes schwäbisches Gemach fallen lassend. »Hat er es tatsächlich geschafft?«

Die Mathematiker wogen die Köpfe. »Tja, könnte sein«, lauteten die Antworten. »Müsste man nachprüfen. Das kann man so schnell nicht sagen.«

»Richard«, unterbrach ich das allgemeine Weltvergessen, »hör mal!« Ich zog ihn aus dem Zimmer auf den Gang. »Goldacher hat sich nicht mit der Goldbach'schen Vermutung beschäftigt. Er hat einen Algorithmus gesucht, um RSA-Schlüssel zu knacken. Und irgendetwas hat er gefunden, was euer Informatiker in dem Rechenzentrum verwenden konnte. Du solltest ihn sofort festnehmen lassen. Ich denke, er war hier. Er hat versucht, den Safe zu stehlen, und dann Goldachers Ofen auf Tod gestellt, um später noch mal wiederzukommen. Vermutlich werdet ihr eine Kopie von Goldachers Zimmerschlüssel bei ihm finden.«[8]

Als Richard zum Handy griff, kamen – geführt von den beiden Doktorandinnen, die unten gewartet hatten – Sanitäter und Polizei vom Treppenhaus den Gang entlanggeeilt. Der Rest spulte sich nach normalen Regeln ab. Kriminaltechnischer Dienst, Zeugenbefragung, Festnahme, Einvernahme des Beschuldigten. Ich zog mich mit Anni nach Bergedorf zurück, wo wir den Abend in ihrer Wohnung verquatschten und feierten, denn Frau Reich hatte Anni, bevor wir schieden, noch zwinkernd zugeraunt, es sei eine ganz exzellente Arbeit, die sie abgegeben habe.

Richard kam erst spät in der Nacht. »Wir haben den Schlüssel bei dem Informatiker gefunden. Daraufhin hat er gestanden.« Der Milchkaffee in seinen asymmetrischen Augen brodelte, wie immer, wenn er einen Fall erfolgreich abgeschlossen hatte. »Und es war Mord.«

»Klar war es Mord«, sagte ich. »Wenn einer einen Schlüssel nachmacht, dann plant er ein Verbrechen. Und auch einen Gasofen manipuliert man nicht spontan, damit er Kohlenmonoxid produziert, das überlegt man sich vorher. Und aus niedrigen Beweggründen hat er auch gehandelt, denn er wollte Goldachers Algorithmus haben, um damit viel Geld zu erbeuten. Der ausgeklügelte Plan verrät den Mörder. Auf Totschlag wird er nicht plädieren können.«

»Und unser armer Goldbach musste sterben, weil er fast immer in seinem Büro war«, ergänzte Anni. »Sonst hätte der Informatiker den Safe ja einfach nachts klauen können.«

8 Eigentlich tut man das nicht, dass man in einem Krimi einen Täter aus dem Hut zaubert, der vorher nie in Erscheinung getreten ist. Aber hätte ich einen aus der mathematischen Fakultät nehmen sollen?

»Allerdings«, bemerkte Richard, »den Ehrennamen Goldbach hatte er nicht verdient. Ihm ging es nur ums Geld. Zumindest, seitdem er wusste, dass der Tumor ihm sein Rechenzentrum im Hirn zerstörte. Da er über vierzig war, konnte er – auch wenn er die Goldbach'sche Vermutung bewiesen hätte – die Fields-Medaille nicht mehr bekommen, einen Nobel-Preis für Mathematik gibt es nicht, weil Nobel die Mathematiker hasste. Also wollte Goldacher sich sein Preisgeld für seinen Algorithmus, den er für genial hielt, mit Hilfe des Informatikers über Einbrüche in die Rechner der Banken verschaffen. Der Informatiker übrigens kannte den Klartext des Algorithmus nicht, er musste ihn sich für seine Einbrüche in die Bankenserver von Goldachers Computer abrufen, und zwar verschlüsselt.«

»Prost!«, sagte ich und hob mein Weinglas. »Auf die Sperrtechnik!«

»Auf deinen Sieg morgen bei den deutschen Meisterschaften im Schlossöffnen!«, sagte Anni.

Lehmann über *Der Zahlendolch*:
Der Krimi hat Fußnoten, weil er in einer Festschrift zum 65. Geburtstag von Frau Prof. Dr. Karin Reich erschienen ist, in dem sonst nur hochwissenschaftliche mathematische Abhandlungen stehen. Und um mit der Ehrung für meine langjährige Freundin Karin Reich nicht gleich noch die mathematische Fakultät von Hamburg zu beleidigen, verletzt er außerdem die Grundregel, dass der Mörder aus dem Kreis des Personals kommen muss, das im Übrigen rein fiktiv ist. Und weil meine Liebe zur Mathematik nicht von der Mathematik selbst, sondern von meinem Mann Bertram Maurer erwidert wird, hat er auch den mathematischen Plot ausgetüftelt. (Zuerst erschienen in: *Zur Historie der Mathematischen Wissenschaften. Festschrift für Karin Reich*, hg. v. Alexander Odefey, GNT-Verlag 2009)

Der Frauenkopfmord

Das Messer fuhr leicht durch den Schnee. Aber so wurde es nicht sauber. Er musste Schnee in der Hand nasspressen und damit die Klinge abreiben. Schwärzliche Klümpchen rieselten hinab. Er verwischte die Einschläge im Weiß, aber je mehr er wischte, desto mehr Spuren blieben. Der Schnee gebar Spuren. Dunkel schnürten seine Schnitte unter den Waldbäumen hervor auf ihn zu – nein, auf mich.

Das war ich, das war meine Hand, von der es Pechpunkte tropfte. Es war meine Flucht. Aber statt durch den Wald hätte ich auf den schwarzen Asphalt einer schneefreien Straße fliehen müssen. Doch wer floh, wenn er fliehen musste, auf öffentliche Straßen? Flucht, das bedeutete, seinen Schatten unter den der Bäume mischen, die der Mond warf.

Ich war auf die Tat nicht vorbereitet gewesen. Auf diesen Hass, solche Liebe. Ich hatte doch nur eine Freundin haben wollen, eine Familie gründen. Das war das, wovon ich in den tatenlosen Stunden meines Lebens träumte: Kinderzimmer einrichten, Schlafzimmer kaufen, Hecke schneiden, Sommerfest im Garten, ich mit Bierflasche und Fleischzange am Grill den Rostbraten drehen. Und Ilse stellte lächelnd den

Nudelsalat hin, schon wieder schwanger. Stets sorgte sie dafür, dass ich Taschentücher in der Jackentasche hatte.

Ich verließ den zertrampelten Platz zwischen den Bäumen und legte neue Spuren bis zu den Häusern. Es schneite wieder. Unberührte Fußwege. In meinem Kopf bildete sich das Wort Jungfräulichkeit. Doch der Geruch von Blut ließ sich nicht aus meinen Nebenhöhlen schnauben. Er machte Kopfschmerzen.

Rosengartenstraße stand auf dem Straßenschild. Der Frauenkopf, eine adventstille Gegend, eingeschlossen von Wäldern, die das Wohngebiet von der nahen Stadt isolierten. Fast nur Villen mit Blick übers Bußbachtal bis hinüber nach Heumaden.

Hatte ich so weit gehen müssen? Jetzt würde man immer schon gewusst haben, dass etwas nicht stimmte mit mir, als man uns Hand in Hand hatte spazieren gehen sehen, in den Schrebergärten von Rohracker oder am Böpserle ins Bußbachtal hinab, als noch die Sonne schien. Dass Ilse so einen wie mich geliebt hatte!

Wenigstens das Messer wegwerfen. Über irgendeinen Zaun in irgendeinen Garten. Aber vielleicht brauchte ich es noch. Und es wegwerfen rettete mich nicht mehr. Meine Spur, von schwarzen Tropfen markiert, schwänzelte hinter mir her durch den Wald, wohin ich auch floh. Und wozu also überhaupt die Flucht? Weil ein Mensch Aufschub suchte. Abhauen war innere Logik, Flucht die letzte Möglichkeit zu handeln, »ich« zu sagen. Konnte ich mir doch nicht erklären, warum ich meine Freundin abgestochen hatte. Auf meinen Lippen schwelte noch ihr Kuss. Gelächter glühte mir in den Ohren. Sie hatte mich ausgelacht. »Was willst du von mir?« War mein Traum von Hochzeit, Kinderzimmer und Rasenmäher so lächerlich? Oder taugte ich so wenig für diesen

Traum? Die Liebe liebt das Bäumchen-wechsle-dich, Probe und Spott und … den Tod.

Im Schein der Straßenlaternen tanzten wie Mücken die Flocken. Wohin jetzt? Alle Fußwege makellos, spurenlos, jungfräulich eben.

»Kann ich Ihnen helfen?«

Es war ein Großer in Lederjacke, der unvermutet neben mir aus dem Boden gewachsen war, nein, aus einem Auto, dessen Kühler knisterte. In der Hand hielt er eine Viertelliterpackung Milch, die andere legte er auf das nächste hölzerne Gartentor. Dahinter ein altes Haus, klein mit Rundbogentür und Laterne darüber. »Was ist mit Ihrer Hand? Sie bluten.«

»Ach, das ist nichts.«

Dunkle Augen, ein dunkler Schopf. »Das sollte man aber verbinden. Kommen Sie. Meine Frau ist Krankenschwester. Sie kann sich das mal ansehen.«

Ich fühlte eine kräftige Hand an meinem Arm. »Nein, ich muss … wie spät ist es?«

»Halb neun. Kommen Sie. Meine Frau legt Ihnen schnell einen Verband an.« Sein Griff war unnachgiebig. »Sie tropfen doch hier alles voll.«

Ja, Schwaben sorgten sich sogar um Fußwege. Musste man ja hinterher alles saubermachen. Sah morgen früh gar nicht gut aus, wenn der geschippte Schnee fleckig war.

Ein Rodelschlitten stand im engen Garten, wo im Frühjahr sicherlich Narzissen und Tulpen blühten. Kinder also. Es gab schöne Abhänge, nach Rohracker hinunter, die Weinberge. Wo nicht Wald steht, ist Stuttgart ein einziger Weinberg.

»Ich bin Thomas Pfeifer«, sagte der Mann, während er die Haustür aufschloss. »Meine Frau und ich, wir verbringen mit den Kindern Weihnachten hier bei meinen Eltern. Wir leben in Dresden. Für meine Frau und die Kinder sind es die ersten Weihnachten in Schwaben.«

»Ah.«

»Und Sie?«

»Wie?«

»Wer sind Sie?«

Wer ich war? Eine viel zu große Frage. Aber vermutlich fragte er mich nur nach meinem Namen. »Meik.«

»Meike?«

Meine Eingeweide zuckten. »Nein, Meik!« Solche Verwechslungen waren schmerzlich. Mein zu weiches Gesicht.

Im Korridor roch es nach nassen Mänteln, Kindern und rausgelüftetem Abendessen. In fernen Tiefen rumorte ein Fernseher, ganz leise.

»Madlen«, rief Thomas. »Da bin ich wieder.« In seiner Stimme lag der gewisse Ton, mit dem sich Eheleute verständigten, wenn sich Außerordentliches ereignete, beispielsweise wenn man Fremde einschleppte, damit die Frau, falls sie es sich schon bequem gemacht hatte, die Kleider ordnete.

Aber sie war perfekt, so wie sie aus einer Tür mit Riffelglas kam, hinter der gelbes Licht dämmerte. Sie trug Rock, Bluse und Stiefel, ausgehfertig. Ihr langes Haar floss wie Lindenblütenhonig über die Schultern und Arme bis zum Po. Ein Wintersonnenaufgang neben diesem großen dunkelhaarigen Kerl. Der hielt ihr die Milchpackung hin. »Was anderes habe ich an der Tankstelle nicht bekommen.«

Sie nahm ihm die Milch ab und lächelte. »Hat sich zum Glück erübrigt. Sie ist eingeschlafen, kaum warst du aus dem Haus. Sie schlafen beide jetzt.« Dabei musterte sie mich fragend mit ihren hellblauen Augen. Nicht unfreundlich, sogar interessiert.

Mein Seelengerüst schwankte. *Heile, heile Segen,* summte es in meinem Kopf.

»Das ist meine Frau, Madlen«, sagte Thomas. »Und das ist Meik. Seine Hand …«

»Oje, was haben Sie denn da angestellt?« Die schöne Madlen stellte die Milch aufs Telefontischchen, zog mich unter den Deckenstrahler und zupfte das Taschentuch locker. »Das sieht aber gar nicht gut aus.«

Im Licht des Korridors offenbarte sich, was draußen schwarz herumgetropft hatte, als rotes Blut. Mir brach der Schweiß aus.

»Kommen Sie.« Madlen drängte mich in ein Badezimmer. Im nächsten Moment saß ich auf einem Badewannenrand, und Madlen faltete vorsichtig meine zusammengekrümmte Hand auseinander. »Tut's arg weh?«

Ich schüttelte den Kopf. Zu viel Adrenalin im Blut.

»Sieht aus wie ein Messerstich.«

Schwelte da etwa ein Verdacht in Madlens blauer Iris? Nein, sie blickte konzentriert. Doch zwischen den Augenbrauen ihres Mannes, der die Türfüllung blockierte, saß eine dicke Falte Misstrauen. Madlen nahm das blanke Wasserglas von der Spiegelkonsole und füllte es unter dem Wasserhahn. »Trinken Sie! Nicht dass Sie uns noch umkippen. Sie haben Blut verloren.«

Ich fühlte, wie sich belebende Kühle in meinem Magen ausbreitete. Der Nebel in meinem Kopf lichtete sich etwas. Ich saß in der Falle.

»Ich gehe nur schnell Verbandzeug holen«, teilte Madlen mit. »Ziehen Sie doch inzwischen Ihre Jacke aus.« Sie huschte hinaus. Ihr Mann schloss sofort die Lücke und blockierte erneut die Badezimmertür.

»Ich habe …«, versuchte ich ihm zu erklären, »ich habe

mich mit einem Messer … ich bin abgerutscht. Ich wollte einen Ast …«

»Dann sind Sie Linkshänder?«, bemerkte er.

Ach ja? Tatsächlich, es war meine Rechte, in der ein Schnitt klaffte, meine Schreibhand. Meine Geschichte konnte nicht stimmen.

»Warten Sie, ich helfe Ihnen«, sagte Thomas. Ein Schritt ins Badezimmer hinein reichte, damit er den Kragen meiner Jacke packen und sie mir abnehmen konnte. »Wo kommen Sie eigentlich her, jetzt um diese Zeit?«

»Aber, Tom!«, ließ sich da seine Frau von der Tür her vernehmen. »Sie müssen schon entschuldigen, Meik, aber mein Mann ist Polizist. Und er vergisst leider allzu gern, dass er nicht unentwegt im Dienst ist. Wir verbringen Weihnachten hier bei seinen Eltern. Wir leben in Dresden. Es sind meine ersten Weihnachten in Schwaben.«

Das war ehelicher Gleichklang der Seelen, wenn beide nacheinander dasselbe sagten, ohne den anderen vorher gehört zu haben. Mit den Zähnen riss Madlen die Plastikverpackung der Mullbinde auf, während sie sich an Thomas vorbeidrängelte. Nur ungern schien er sie wieder ins Badezimmer hineinzulassen.

»Ich habe nichts getan!«, hörte ich mich murmeln. Als ob der Bulle mir die Worte in den Kopf gezwängt hätte, damit er ein Verhör durchführen konnte.

»Was denn?«, fragte er. »Was hast du nicht getan?«

Hatte ich mich verhört, oder hatte er mich geduzt, weil Bullen Mörder immer duzten? Toms schwarze Augen wurden von langen Wimpern beschattet, der Blick war abwartend. Ein Gesicht, das nicht viel verriet. Ein wachsamer Hüter der Seinen. Oben im Haus schliefen seine Kinder ihren emsigen Unschuldsschlaf. Seine schöne Frau säuberte mit leichten

Fingern meine Wunde. Es brannte. Zum ersten Mal spürte ich Schmerzen. Und den inneren Verfall, unendliche Müdigkeit.

»Was haben Sie nicht getan?«, wiederholte der Bulle die Frage. Mit dem Du musste ich mich verhört haben.

»Jetzt lass mich den Jungen doch erst einmal verbinden«, begehrte Madlen auf. Der Schnitt in meiner Handfläche war, wie ich jetzt sah, etwa drei Zentimeter lang und klaffte. »Das müssen Sie nähen lassen. Ich kann Sie jetzt nur notdürftig verbinden. Sie sollten gleich ins Krankenhaus.«

»Ich war es nicht«, sagte ich starrsinnig. Als wollte ich dafür sorgen, dass der Polizist nicht nachließ mit seinen Fragen. Damit ich leugnen konnte, von jetzt an in alle Ewigkeit. Nein, so einer war ich nicht, der seine Freundin umbrachte. Kein Grund dazu. Mich lachte man nicht aus. Mich schimpfte man nicht Mädchenbacke, nur weil mein Bart nicht wuchs. Und Ilse schon gar nicht, der ich es jede Nacht besorgt hatte. Fein Liebchen, gute Nacht.

»Ich bin nun mal Polizist«, sagte Thomas in der Tür mit meiner Jacke in der Hand. »Und ich stelle mir eben Fragen. Seit Stunden ist es stockfinster draußen. Wo kommen Sie also jetzt her? Und sagen Sie nicht, Sie hätten sich im Wald verlaufen. So groß ist kein Wald hier, dass man nicht binnen einer Viertelstunde wieder auf Häuser stößt und auf öffentliche Verkehrsmittel. Und wo ist denn das Messer, mit dem Sie sich geschnitten haben wollen?« Seine Hand tauchte in die Taschen meiner Jacke. Eine lederne Motorradjacke mit Innentaschen.

»Lassen Sie das!«, fuhr ich auf. »Das dürfen Sie nicht.«

»Gefahr im Verzuge. Ah, was haben wir denn da?«

Es war mein Geldbeutel. »Sie haben nicht das Recht, meine Personalien festzustellen. Sie sind nicht im Dienst!«

Auch Madlen warf ihm einen vorwurfsvollen Blick zu. »Hat das nicht Zeit bis später, Tom? Und Sie, Meik, halten Sie endlich Ihre Hand still.«

Aber Thomas hatte schon den Geldbeutel aufgeklappt und meinen Personalausweis herausgefischt. Zum ersten Mal flackerte so etwas wie blanke Verblüffung über sein Bullengesicht. Dann streckte er den Arm aus, so dass Madlen und ich einen Blick auf den Ausweis werfen konnten.

»Lisa Nerz«, sagte er. »Das sind doch Sie?«

»Finden Sie wirklich, das Bild sieht mir ähnlich?«

»Der Ausweis ist seit vier Jahren abgelaufen. Entsprechend dürfte das Foto an die fünfzehn Jahre alt sein.« Er klang zunehmend streifenbulliger.

»Ein Autounfall?«, fragte Madlen.

»Was?«

»Die Narben in Ihrem Gesicht.«

»Ach so, ja. Eine Windschutzscheibe. Ist lange her.«

»Zehn Jahre vielleicht?« Madlen blickte vom Verband hoch und zu ihrem Mann hinüber. Die beiden verständigten sich mit Blicken, ich wusste nur nicht, worauf. Unerwartet schmerzhafter Neid überfiel mich. Wusste Madlen, was für einen Prachtbullen sie da besaß, der so schnell die Hörner senkte, sich aber jederzeit von ihr am Nasenring wegführen ließ? Und wie stolz durfte er auf seine schöne Frau sein, die Krankenschwester mit dem klugen Blick, die ihm die Kinder gebar und großzog. In ein paar Tagen würde es Würstchen und Kartoffelsalat geben und dann Bescherung für die Kinder. Oma und Opa würden viel zu viel schenken, Fahrrad, Schlittschuhe, eine Puppenstube.

»Und seit dem Unfall«, fuhr Madlen sanft fort, »kokettieren Sie damit, dass man Sie mit einem Jungen verwechseln könnte. Hm? Aber so eitel sind Sie doch, dass Sie sich keinen neuen Ausweis mit aktuellem Foto haben anfertigen lassen.« Sie lächelte mir ins Gesicht. »Sie sind doch Lisa Nerz, richtig?«

Ich nickte. Kam es noch darauf an, wer ich war oder zu sein versucht hatte? Im Wald auf dem Frauenkopf lag eine Leiche.

Madlen riss das Ende der Mullbinde in zwei Streifen und knüpfte einen Knoten. »Und nun sagen Sie uns, Lisa, was ist passiert?«

Der Verband fühlte sich fest und sauber an. So als ob die Welt in Ordnung käme, als ob Mord verheilte.

»Nichts«, antwortete ich. »Und jetzt muss ich gehen. Vielen Dank, aber …« Alles drehte sich, als ich mich vom Wannenrand erhob. Wieder spürte ich Toms Klammergriff an meinem Arm. Er drückte mich auf den Wannenrand zurück.

»Frau Nerz. Ich frage Sie noch einmal: Wo kommen Sie her? Wo haben Sie sich diese Verletzung zugezogen? Wenn Sie nichts sagen wollen, kann ich auch die Kollegen rufen.«

»Sie sollte sofort in ein Krankenhaus«, hörte ich Madlens Worte ehefraulich leise und mahnend und wie nicht für meine Ohren bestimmt. »Sie steht unter Schock.«

Ehestreit. Ich hätte lachen wollen.

Entschlossen versenkte Thomas erneut seine Hand in meiner Jacke, einer Herrenjacke, die ich schätzte wegen der Innentaschen. Diesmal fand er das Messer. Er hielt es zwischen Daumen und Zeigefinger, einerseits, um keine Spuren zu zerstören, andererseits, weil der Griff blutverschmiert war. Es wirkte klein in seiner Hand, obgleich es ein Jagdmesser war, wie ich jetzt erkannte, die Solinger Klinge bestimmt elf Zentimeter lang und damit tödlich, wenn man aufs Herz zielte. »Ist das Ihr Messer, Frau Nerz? Sie wissen, dass Sie so ein Messer nicht mit sich führen dürfen? Es sei denn, Sie haben einen Jagdschein. Haben Sie einen Jagdschein?«

»Es gehört mir nicht. Ich habe … ich habe es gefunden. Ich bin ausgerutscht und habe direkt in die Klinge gelangt.«

»Vorhin haben Sie aber noch etwas ganz anderes erzählt.«

Jetzt blickte auch Madlen mich vorwurfsvoll an.

Mit ihr würde ich leicht fertig werden. Ich musste nur zuerst den Bullen entwaffnen und kampfunfähig machen.

»Lisa«, sagte sie mit dem Unterton, den nur Frauen zuwege bringen, fragend und verstehend zugleich, »ich glaube, Sie haben etwas sehr Schlimmes erlebt, etwas ganz Schreckliches … Etwas, das Sie nicht wahrhaben wollen, das Sie verdrängen.«

»Was denn?« So heftig pochte das Blut durch meine Adern, dass ich fürchtete, es werde mich vom Badewannenrand schütteln.

»Sie verstecken sich hinter einer anderen Identität, glaube ich. Sie haben als Frau etwas erlebt … eine Demütigung.«

»Nein, ich habe …«, sprudelte es unversehens aus mir hervor. »Ich habe sie getötet. Ich habe eine Frau getötet.«

Ich musste mir die Hände vors Gesicht geschlagen haben, denn der Geruch des Gazeverbands stieg mir in die Nase, überirdisch fremd. Still war es auf einmal um mich herum. Madlens Augen ruhten auf mir, groß, aber eigenartig unerschrocken. Toms Augen dagegen waren zu Schlitzen geworden, scharf und mit langen Wimpern, aber nicht bestialisch.

»Ich habe sie erstochen. Mit diesem Messer. Sie hat so fürchterlich gelacht. ›Hast du wirklich geglaubt, dass ich dich liebe?‹, hat sie gehöhnt.«

Auf einmal sah Madlen aus, als lausche sie nach den Kindern. Schrie auch keines? Sie hatte recht. Eine Bestie wie ich durfte nicht der Kinder Träume stören mit Blutgeschichten. Aber sie schliefen.

»Ich habe es nicht gewollt, aber das Messer …« Die Worte kamen wie von selbst, wie seit dem Urmenschen ins männliche Denken gehämmert. »Ich weiß nicht, wieso … es war, als ob ich … das war ich nicht. Sie war das. Sie ist schuld. Es ist die innere Logik. Man kann nicht wählen, wenn es so weit ist. Es ist einfach stärker. Es muss einfach sein. Das Blut muss spritzen! Das Unweib muss sterben. Sie hat es so gewollt. Sie hat es provoziert.«

Madlen schüttelte den Kopf.

Augenblicklich spürte ich erneut Toms harten Griff an meinem Ellbogen. »Damit sollten sich jetzt wohl doch besser die Kollegen befassen«, sagte er langsam und griff sich unter die Jacke, die er nie ausgezogen hatte, vermutlich, weil er doch eigentlich mit seiner Frau hatte ausgehen wollen.

Mir schauderte.

»Nein, warte, Tom!«, sagte Madlen, die Gutgläubige oder Wahnsinnige. »Sie steht unter Schock. Wir sollten einen Arzt … Man sollte sie untersuchen.«

Thomas zog die Hand leer wieder aus seiner Jacke. »Dann sagen Sie mir jetzt aber, wo es passiert ist, Frau Nerz.«

Warum hätte ich es ihm sagen sollen, wenn er mich dann der Polizei auslieferte? Aber Madlens Blick war ruhig und aufmunternd. Eine wie sie konnte mich vielleicht zurückholen aus der fremden Galaxie. Womöglich war ich wirklich endlich verrückt geworden. Hatte mich verstrickt in meinen Rollen, hatte als Mann gemordet und war als weiblicher Bluthund auf der Suche nach dem Täter, den es nicht gab, war gar keiner Spur gefolgt, sondern hatte lediglich meine eigene gelegt durch den Wald bis hierher.

»Wenn ich nicht völlig übergeschnappt bin«, sagte ich, »dann liegt im Wald am Funkturm auf dem Frauenkopf eine … eine Leiche, eine junge Frau. Ilse heißt sie.«

Toms Griff wurde zum Schraubstock an meinem Oberarm, knapp über dem Ellbogen. »Da werden Sie mich jetzt hinführen.«

»Ich komme mit«, sagte Madlen.

»Nein.« Er schüttelte energisch den Kopf. »Auf keinen Fall!«

»Es ist besser, Tom, glaub mir!« Die beiden verständigten sich wieder über meinen Kopf hinweg mit Blicken. Schließlich senkte Thomas die Lider.

»Ich sag nur schnell der Oma Bescheid, dass wir jetzt gehen«, sagte sie und huschte den Korridor entlang. Der Fernseher wurde vorübergehend lauter, als sie irgendwo eine Tür öffnete und wieder schloss.

Thomas zog mich aus dem Badezimmer in den Korridor und half mir in die Jacke. Das Messer tütete er in einen Spurensicherungsbeutel, den er irgendwoher hatte. Er war wirklich immer Polizist. Dann ließ er es zusammen mit meinem Geldbeutel und Ausweis in seiner Jacke verschwinden. Der Gedanke an Flucht verlor völlig seinen Sinn. Da kam Madlen auch schon und nahm einen langen schwarzen Wintermantel von der Garderobe. Er betonte ihre schlanke Gestalt und ließ ihr Haar aufleuchten wie Lametta. Thomas fasste mich wieder am Ellbogen und stieß mich zur Tür. Mir schwindelte erneut.

Niemals würde ich eine Frau besitzen wie Madlen, die Fee. Und niemals einen Mann wie den Bullen Tom. Ich war falsch zur Welt gekommen. Meine Mutter hatte ihre Schuldgefühle an mir ausgelassen, mit Bigotterie und Prügeln, mein Vater war verbittert weggestorben. Und die Mädchen im Dorf waren mir, als sie merkten, was für eine ich war, aus dem Weg gegangen. Alle bis auf eine. Mein Herzschlag beschleunigte schreckhaft. Hatte ich die vielleicht auch … War nicht der

Mord an einer Frau immer einer in einer unendlichen Reihe vorangegangener und nachfolgender?

Thomas ließ die Zentralverriegelung eines nagelneuen VW Passat schnarren. Madlen setzte sich hinters Steuer, während er die Kindersitze in den Kofferraum verfrachtete. Dann schob er mich auf die Rückbank und setzte sich neben mich. Darum also hatte er die Augen niedergeschlagen, als Madlen darauf bestand mitzukommen. Er brauchte eine Fahrerin. So sehr war er in jeder Sekunde seines Lebens Polizist, dass er nicht vergaß, dass er sich gegen mich nicht wehren konnte, wenn er allein mit mir am Steuer saß.

»Wohin fahren wir denn?«, fragte Madlen.

Der Passat schlingerte beim Anfahren. Wie Lemminge stürzten sich dicke Schneeflocken in die Scheinwerfer. Die Reifen malten schwarze Bänder auf die Rosengartenstraße, die hinter uns zurückblieben. Neue Spuren, während die anderen, denen ich gefolgt war und die ich gelegt hatte, unwiederbringlich unterm Schnee verschwanden. Ich spürte Toms Anspannung neben mir. Wieder griff er sich unter die Jacke und versicherte sich, dass er … ja, was? … eine Waffe dabeihatte oder doch nur das Handy?

Wir rollten auf die weiß verschneite Kreuzung an der Bushaltestelle mit Wendesträßchen beim Sportplatz, wo die Rosengartenstraße auf die Frauenkopfstraße stieß und die Abfahrt steil nach Rohracker hinunterschwang.

»Ich bin seiner Spur gefolgt«, sagte ich. »Er muss hier wohnen, hier auf dem Frauenkopf. Vermutlich bei seiner Mutter.«

»Wer?« Tom klang, als würde er gleich die Geduld verlieren. »Wovon reden Sie?«

»Von Meik, Ilses Freund. Ich habe versucht, mich in ihn hineinzuversetzen. Wie tickt einer, der so etwas tut? Wohin flieht einer, der das getötet hat, was er liebt. Er muss sich reinigen. Er braucht eine Waschmaschine. Er muss nach Hause. Zu seiner Mutter. Hätten Sie mich vorhin nicht von der Straße geholt …«

»Was dann?«, fragte Madlen ruhig von vorn. Sie drehte sich um dabei. Gefährlich, denn es gab Fahrbahnverengungen zur Verkehrsberuhigung.

»Dann hätte ich seine Spur vielleicht nicht verloren. Ich hatte ihn fast. Aber jetzt ist es zu spät. Die Waschmaschine arbeitet. Sein Messer habe ich … es sind meine Abdrücke dran, nur meine. Denn ich war sein Handlanger … seine Handlangerin, besser gesagt. Ich habe sie für ihn getötet.« Es schüttelte mich. »Wenn ich ihn nicht finde, wer glaubt mir denn, dass es eigentlich er war, nicht ich?«

»Hat er Sie gezwungen?«, fragte Madlen, wie man Kinder nach fantastischen Geschichten fragt.

»Vorsicht!«, schrie Tom.

Der Passat schlitterte, stellte sich sogleich quer und rumste mit dem Hinterrad gegen den Bordstein einer Verkehrsberuhigung. Der Motor soff ab. Schneestille. Ich stieß die Tür auf und stürzte hinaus. Tom fluchte. Im nächsten Moment hatte er mich wieder am Kragen. Es störte nicht weiter. Ich hätte mich trotzdem in aller Ruhe übergeben können. Aber anscheinend gab es einen Ekel, der verhinderte, dass man noch kotzen konnte.

Ich war mit ihr spazieren gewesen. Seit zwei Wochen war sie Praktikantin bei uns im *Stuttgarter Anzeiger*. Sie kam aus Reutlingen und studierte in Hohenheim seit kaum ein paar Semestern Medienwissenschaften. Eine Blonde im ländlichen Schick letzter Mode, preiswert und adrett, auf ihren Vorteil aus, stadtgierig und von gefährlicher Naivität, denn ihr trotziger Traum war kein geringerer, als eines Tages *heute*-Moderatorin zu werden. Doch eigentlich fehlte ihr der Biss, den man für den Journalismus brauchte, allemal bei einer Zeitung mit ihrer überalterten Männerriege und den Jungredakteuren ohne Selbsteinschätzung. Ein paar Tipps taten not, hatte ich mir gesagt. Frauensolidarität.

Wir trafen uns am Bubenbad, stiegen die Gänsheidestraße hoch in den Wald und stapften auf dem Frauenkopf herum. Ich schwadronierte.

»Darf ich dich mal was fragen?«, nutzte Ilse schließlich eine Redepause. »Aber bitte, du darfst nicht sauer sein, ja? Der vom Feuilleton – wie heißt der doch gleich wieder? – der hat gesagt … na ja, und mein Freund meint das auch …«

»Was denn?«

Sie kicherte. »Stimmt das, dass du lesbisch bist?«

Ich musste lachen.

»Du bist doch nicht sauer, oder?«

»Nein, natürlich nicht.« Zumal sie ein kleines Flirtglitzern in den Augen hatte. Eindeutig.

»In der Schule«, plauderte sie, die Hände in den Taschen ihrer rosafarbenen Winterjacke, »da gab es eine Mitschülerin, in die war ich …«, sie lachte verlegen, »in die war ich richtig verknallt. Ich hab mir nichts dabei gedacht. Aber dann habe ich gemerkt, dass meine Freundinnen irgendwie anders drauf sind als ich. Sie haben geschwärmt von Richard Gere in *Pretty Woman*. Ich habe den Film bestimmt zwanzigmal gesehen, aber nicht wegen Richard Gere, sondern wegen Julia Roberts.«

Wie Julia Roberts sah ich nun ganz und gar nicht aus.

»Ich habe lange nicht kapiert, was mit mir los ist. Lesben, das waren für mich immer …«, blondes Gelächter, »na ja, verkappte Buben. Verstehst du.«

»So wie ich?«

»Nein, ehrlich, ich finde, du siehst super aus. Die kurzen Haare machen dein Gesicht erst weich und weiblich, finde ich. Trotz der …«

»Der Narben? Tja, weißt du, wenn man so ein Gesicht hat wie ich, dann tut man gut daran, nicht auf langhaarig und damenhaft zu machen. Sonst denken die anderen immer nur: Gott, die Arme!«

»Ich denke das nicht!«

»Eben!« Ich hakte mich bei ihr unter. »Aber vielleicht sollte ich eines klarstellen: Ich bin derzeit in festen Händen. Mein Freund ist Staatsanwalt.«

»Ach so.« Zwar klang sie ein bisschen enttäuscht, aber auch erleichtert. Ersparte es ihr doch ein Abenteuer, das ich vielleicht nicht hätte vermeiden wollen. Schließlich experimentierte auch sie mit einem Freund herum.

»Ich kenne Meik ja erst seit drei Monaten«, plauderte sie weiter. »Aber er hat …« Sie kicherte. »Er hat auch weibliche Züge, finde ich. Er ärgert sich zwar immer, wenn ich das sage. Aber eigentlich ist es doch ein Kompliment, finde ich.«

Jeden Abend stand er auf dem Parkplatz vorm Pressehaus neben einem silberfarbenen Kleinwagen, einem Frauenauto, um sein Mädchen abzuholen. Einmal hatte Ilse mich ihm vorgestellt. Er hatte den Arm um sie gelegt, bevor er mir die Hand gab. So viel fürsorgliche Liebe! Dabei reichte ein Blick, um zu sehen, dass die stadtgeile Ilse ihm den Laufpass geben würde, sobald sich Besseres bot. Eben schon hatte sie mit mir geflirtet.

Wie ein Teller mit Bullaugen auf dickem Betonstamm saß der Funkturm im Wald. »Sieht aus wie ein Ufo«, bemerkte Ilse. »Gerade gelandet.« Sie lachte, rutschte aus und klammerte sich an mir fest. Wir kicherten. Sie wollte es wohl doch genauer wissen.

»Kehren wir um«, schlug ich vor. »Es wird langsam dunkel.«

Schon vor längerer Zeit waren die Väter mit Kindern auf Schlitten, die Gassigänger mit Hunden und die Mütter mit Kinderwagen aus dem Winterwald verschwunden. Das Waldheim lag mit erblindeten Fenstern zwischen Zäunen und Bäumen.

»Hier habe ich Meik zum ersten Mal getroffen«, erzählte Ilse. »Er hat mich einfach angesprochen. Normalerweise spricht er keine Frauen im Wald an, sagt er, aber in meinem Fall war es eben Liebe auf den ersten Blick. Fast schon unheimlich, nicht? Stell dir vor, ich weiß nicht einmal, wo er wohnt. Er holt mich immer ab und dann gehen wir zu mir. Wir essen, wir schauen fern und dann schlafen wir miteinander. Und immer nachts um eins steht er auf, zieht sich an und geht.«

Ich musste lachen. »Dann lebt er bei seiner Mutter und macht ihr vor, er ginge arbeiten, von fünf bis eins. Und in Wahrheit ist er arbeitslos.«

»Meinst du?«

»Und was findest du an ihm so unheimlich?«

»Ach, ich weiß nicht.« Ilse klang wie ertappt, ein bisschen nach Herzklopfen im Hals. »Manchmal sagt er so krasse Sachen. Frauen sollten … O Gott, Meik!«

Ich kapierte es erst eine halbe Sekunde später, als ich der Blickrichtung von Ilses erschreckten Augen folgte. Da stand er, wie aus einem Holzstapel geboren, als Dämon auf dem verschneiten Weg.

»Hab ich mir's doch gedacht«, sagte er, die Hände in den Taschen. »Du lesbische Sau!« Langsam zog er die rechte Hand aus der Jackentasche.

Ilse lachte los, glockenhell und schneidend scharf. »Was willst du denn mit dem Messer, Meik? Das ist eine Kollegin. Sei nicht kindisch. Das bringt doch nichts.«

Der Passat holperte über die im Schnee unsichtbare Mittelplatte des kleinen Kreisverkehrs am Ausgang des Stadtteils Frauenkopf. Inzwischen saß Thomas am Steuer. »Verdammter Kreisverkehr. Da gewöhne ich mich nie dran«, murmelte er gar nicht polizeigemäß.

Angst vereiste mich innerlich. Ich saß neben ihm, Madlen hinten. Wir rollten die Waldstraße entlang. In Placken fiel nasser Schnee von den Buchenzweigen. Die Bäume rückten dichter und dichter. Über den kahlen Kronen kreiselte der Scheinwerfer des Fernsehturms. Der Strahl versickerte in den Schneeflocken, die auf uns herabstürzten. Kurz bevor die Waldstraße sich an der großen Kreuzung zur Talabfahrt öffnete, bog Thomas nach rechts in den Wald ab. Die Bäume sprangen uns förmlich vor den Kühler. Aber Thomas fand die Spur im jungfräulichen Weiß. »Bin jahrelang hier Streife gefahren«, murmelte er. Es ging sachte bergauf. »Und wo genau soll das nun sein?«

Zwischen den Wipfeln blinkten die Lichter des Ufos.

»Dahinter, am Waldheim«, sagte ich.

Thomas umrundete das Funkturmgelände auf einem Waldweg, der durch keinerlei Begrenzung oder Graben gekennzeichnet war. Aus dem Stadtkessel leuchtete orangefarbenes Licht herauf. Hinter dem Ufo versperrte uns eine rotweiße Schranke den Weg. Obgleich wir nur krochen, schlitterte der Wagen, ehe er stillstand.

»Da vorn am Holzstoß«, flüsterte ich.

Thomas zog eine leistungsstarke Taschenlampe unter dem Sitz hervor und stieg aus. Wahrscheinlich hatte er Madlen und mich angewiesen, im Auto zu bleiben. Ich hatte nichts gehört, meine Ohren waren von Angst verklebt. Schneeflocken schmolzen auf der Windschutzscheibe. Das Standlicht verkümmerte in Schneeflocken. In Schlieren sah ich Toms Gestalt. Der Lichtkreis flatterte über Schneegespenster.

»Hat er was gefunden?«, wisperte Madlen.

In einem Wirbel tanzender Flocken erschien Thomas auf einmal wieder am Auto und riss meine Tür auf. »Steigen Sie aus.« Wieder fühlte ich seine unnachgiebige Hand an meinem Ellbogen. »Und jetzt zeigen Sie mir mal die Stelle.«

»Haben Sie nichts gefunden?« Hoffnung zuckte.

»Zeigen Sie mir einfach die Stelle!«

Überall Schnee und nur noch eine einzige Spur, Toms Spur, die zu einem Holzstapel führte, der zwei Meter neben dem mutmaßlichen Waldpfad stand. Jungfräuliches Weiß. Wenn ich jetzt nickte – ich kann auch nichts entdecken –, dann konnte der Polizist, der immer im Dienst war, mich laufen lassen und endlich mit seiner Frau essen gehen. Wenn sie klug waren, unterhielten sie sich nur noch kurz über die Verrückte mit dem Messerstich. »Borderline vielleicht«, würde Madlen abschließend diagnostizieren.

Aber es ging nicht. Der Ekel verdichtete sich zur bösen Gewissheit. Ich musste nur einen Schritt über den hinaus machen, den Thomas gemacht hatte, nur einen Schritt hinter den Holzstoß, und stieß unterm Schnee mit der Fußspitze gegen etwas. Den lockeren Schnee fortgewedelt, und im Schein von Toms Lampe leuchtete rosafarbener Stoff auf.

Thomas griff sich in die Jacke.

Ich schaufelte weiter mit klammen Fingern Schnee fort. Ein Arm kam zum Vorschein, eine Hand, Finger. Torfbraun schimmerte im Licht der Lampe, was einmal Fleisch gewesen war und jetzt in erdigen Fetzen von den Knochen hing. Auch der Arm war bereits skelettiert.

In meinem Kopf knackte es gefährlich.

»Hören Sie auf«, sagte Thomas. Er hielt inzwischen ein Handy in der Hand. »Kommen Sie da weg. Was auch immer hier geschehen ist, es war nicht heute.«

In der Tat, ich war längst verrückt geworden. Vor Monaten schon. Vielleicht kehrte ich seit Monaten immer wieder an den Tatort zurück. Ich war in eine Zeitschleife geraten. Immer wieder dieselbe Runde um das Ufo herum auf der Suche nach demselben Täter, der ich selbst war. Wahrscheinlich musste ich mich glücklich schätzen, dass ich heute endlich in die Hände dieses Weihnachtsbullen und seiner Fee gefallen war. Oder waren sie auch nur Teil der Zeitschleife?

Inzwischen war Madlen ausgestiegen und herbeigekommen. »Oh!«, sagte sie und legte den Arm um mich. »Kommen Sie da weg, Lisa. Sie zittern. Wenn man plötzlich eine halb verweste Leiche entdeckt, dann kann das schon einen Schock auslösen.«

»Nein, Madlen.« Ich schüttelte sie sanft ab. »Ich habe schon schlimmere Leichen gesehen. Ich bin Polizeireporterin. Sagen Sie Ihrem Mann, die besten Spurensicherer müssen hier ran. Unterm Neuschnee, im alten Schnee sind wichtige Spuren. Ich kann mir auch nicht erklären, wieso hier eine verweste Leiche liegt. Aber heute hat hier ein Kampf stattgefunden. Ich konnte Meik das Messer abnehmen, aber dann hat er Ilse gepackt und gegen mich gestoßen, ins Messer. ›Da hast du sie, du lesbische Sau.‹ Ich muss gefallen sein, mit dem Kopf gegen diesen Holzstoß, denn ich erinnere mich nicht, was danach geschah. Als ich aufwachte, war es stockdunkel. Da lag die Jacke. Ich konnte sie sehen und spüren, auch den Körper darunter, eiskalt. Da dachte ich natürlich, es sei …«

»Keine Sorge«, sagte Thomas, der sein Telefonat in diesem Moment beendet hatte, »die Kollegen werden gleich hier sein und alle nötigen Maßnahmen ergreifen.«

»Aber ich bin nicht verrückt!«

»Und woher wussten Sie, dass hier eine Leiche liegt, und zwar seit Monaten? Sie haben mich gezielt zu ihr geführt.«

»Nicht ich. Ich habe Sie nicht geführt. Es war … es war Meik.«

»Lisa …«, ermahnte mich Madlen.

»Nein, ich halte mich nicht für Meik. Ich versuche nur zu denken wie er, ich versuche, seine Wege nachzuvollziehen. Er kam hinter dem Holzstoß hervor. Er ist der Mörder dieser Leiche. Wir müssen ihn finden. Er … er hat Ilse.«

»Schluss jetzt. Das werden die Kollegen klären«, knurrte Thomas.

»Wenn Lisa aber recht hätte?«, wandte Madlen leise, aber keineswegs schüchtern ein. Ihre Augen waren auf mich gerichtet, pfützwasserhell im Licht der Lampe. Sie schien mir förmlich alles aus dem Kopf zu trinken, was ich nicht sagen wollte, solange ich nicht wirklich wusste, was ich sagte. Ich hatte keine andere Wahl.

»Sie kannte ihn doch erst drei Monate. Sie wusste nicht, woher er kommt, nicht, wohin er geht, wenn er ihr Bett verlässt. Vielleicht hat er gehofft, Ilse und er könnten eine ganz normale Beziehung führen, heiraten, Kinder kriegen. Sie könne ihn befreien vom Zwang zu töten. Doch dann kam ich, die Lesbe. Das Unweib. Seine Ilse an meinem Arm. Ihr Gelächter, als er das Messer zog. Da hat er rotgesehen. Er hat sie mir ins Messer gestoßen, aber sie muss ja nicht tot gewesen sein. Jedenfalls da noch nicht. Er hat sie mitgenommen. Ich bin einer Blutspur gefolgt. Da entlang.« Ich zeigte auf den Weg, der unter dem Kühler, der knisternd abkühlte, hindurch zum Funkturm führte. »Durch den Wald bis zu den Häusern von Frauenkopf. Wir müssen zurück. Er ist Ihr Nachbar, Herr Pfeifer. Ein unauffälliger junger Mann, der bei seiner Mutter wohnt.«

»Ich kenne keinen Meik«, sagte Thomas.

»Dann fragen Sie Ihre Mutter. Die wird die Nachbarschaft besser kennen als Sie.«

»Das reicht jetzt, Frau Nerz. Wir warten, bis die Kollegen kommen. Ah, da sind sie schon.«

Blaulicht geisterte zwischen den Bäumen heran und irrlichterte über die schneegebeugten Äste.

Eine halbe Stunde später streifte der Polizeiwagen die unsichtbare Mittelplatte des kleinen Kreisverkehrs und bog in die Rosengartenstraße ein. Eine Beamtin fuhr. Ein Polizeihauptmeister saß neben mir auf dem Rücksitz. Thomas folgte uns im Passat, diesmal ohne über die Mittelplatte zu holpern. Madlen saß neben ihm. Ich konnte sie durchs Rückfenster sehen. Toms wagemutige Seite. Aus irgendeinem Grund glaubte sie mir und hatte erst die Beamtin angestiftet und dann ihren Mann und den Hauptmeister, mich an der Stelle wieder auszusetzen, wo Thomas mich aufgelesen hatte mit seinem »Kann ich Ihnen helfen?«.

Das Haus der Pfeifers schien das älteste in dieser Ecke, schmal und spitz schlief es zwischen alten Bäumen. Ein Kinderhaus mit Schlitten im Vorgarten. Die anderen Häuser jenseits der Zäune und Mauern waren Villen, die breit am Hang überm Bußbachtal hockten. Einfahrten vom Gartenarchitekten gestaltet. Garagen.

»Zu spät«, wisperte es in mir. Mein Kopf war zu müde, noch einmal die Identität zu wechseln und die perverse Logik eines Mörders aufzubauen.

»Wahrscheinlich ist er jünger als Sie, Thomas«, sagte ich. »Er war der, den Sie und Ihre Spielkameraden immer verspottet haben. Kinderpopo, Mädchenbacke, Memme.«

Thomas zuckte mit den Schultern, die Hände tief in den Taschen. Madlen fröstelte an seiner Seite. Die Beamtin hielt ein Funkgerät fest in der Faust. Der Polizeihauptmeister hatte die Hände in die Hüften gestemmt, den kleinen Finger der Rechten in Kontakt mit der Dienstpistole. Ich musste mich bewegen. Auch wenn ich nicht wusste, wohin. Die Straße gab den Weg vor. An der Ecke eines Seitensträßchens stand ein Kleinwagen, schneefrei, noch warm, wenn man die Hand auf den Kühler legte. Ein Frauenauto, ein Clio.

»Fahrzeughalter überprüfen«, sagte der Polizeihauptmeister, als auch Thomas die Hand auf den Kühler legte. Die Beamtin fragte per Funk nach. »Halterin eine gewisse Marianne Roloff, wohnhaft im Rohreckweg, Nummer …« Sie blickte zum Straßenschild hoch. »Das Haus da drüben.«

Eine Frau Ende fünfzig öffnete. »Der Bue isch ned do«, antwortete sie auf die Frage nach dem Auto. »Der isch uff Arbeit.« Ihre Augen fluppten hin und her. »Isch ebbes bassiert?«

»Frau Roloff«, fragte die Beamtin. »Wie heißt Ihr Sohn?« Es schien ausgemacht, dass der Hauptmeister ihr das Reden überließ. Sie klang verbindlicher.

»Meik hoißt er. Aber der isch ned do.«

Frau Rolloff stützte sich auf einen Stock. Die Lesebrille am Bändel auf der Brust, die Füße in Hausschlappen. Hinten im Haus röhrte ein Fernseher auf Schwerhörigenniveau. Sie blockierte einen Windfang, der als Flur für zwei Treppen diente, eine nach oben, eine nach unten. Ein Schwerthieb sauste mir durch den Kopf. Ich schnaubte unwillkürlich. Da war er wieder, der Geruch nach Blut, der mir seit Stunden

Kopfschmerzen machte. »Die Waschmaschine«, murmelte ich.

Madlen legte den Kopf lauschend schief. »Läuft da nicht eine Waschmaschine?«, fragte sie laut.

»Des ka ned sei. Der Bue macht die Wäsch. Weil, i ka ja nemme so, wie i will.« Sie hob den Stock. »Und der Bue isch ned do.«

»Vielleicht haben Sie ihn nicht kommen hören«, sagte die Beamtin. »Dürfen wir reinkommen, Frau Roloff?«

Thomas war schon losgelaufen, die Treppe hinab. Madlen hinterher. Ich auch. In einer rot geziegelten Waschküche pumpte die Waschmaschine. Madlen fand den Ausknopf als Erste. In der Trommel pendelten sich Schaumwasser und Textilien zum Stillstand. »Vielleicht ist es ja doch noch nicht zu spät«, sagte Madlen. »Obwohl … gerade die modernen Waschmittel zersetzen Blut sehr schnell.«

»Wo hat Meik sein Zimmer?«, fragte die junge Beamtin, als wir wieder hinaufkamen.

Die Mutter deutete die nächste Treppe hoch. »Aber i ka Sie ned nuffbringa.«

Ideale Bedingungen für einen Bub mit Geheimnissen.

Er saß auf der Bettkante, als wir ins Zimmer platzten. Er hatte sich gerade aufgerichtet, hatte uns wohl kommen hören. Er war noch blasser, als ich ihn in Erinnerung hatte. Er war käseweiß.

»Wo ist Ilse?«, wisperte ich. »Was hast du mit ihr gemacht?«

»Ich habe sie eben heimgefahren.« Er blinzelte an mir vorbei, suchte den Blickkontakt zum Hauptmeister und zu Thomas.

»Du lügst! Du hast sie –«

Thomas hielt mich am Arm zurück.

Mit einem käsigen Lächeln, das Verbrüderung suchte, hob

Meik die Hände. »Aber, meine Herren! Was soll das werden? Ich …« Kalter Schweiß stand ihm auf der Stirn.

»Herr Meik Roloff«, unterbrach die Beamtin ungnädig. »Sie sind vorläufig festgenommen.«

Als sie ihm die Hände auf dem Rücken schließen wollte, kippte er von der Bettkante. Er hatte sich die Stichwunde im Bauch nur notdürftig zugepflastert.

»Das waren Sie«, sagte Madlen. »Sie haben wirklich zugestochen. Aber Sie haben ihm auch das Leben gerettet. Mit dieser Verletzung hätte er die Nacht allein da oben in seinem Zimmer kaum überlebt.«

Drei Morde konnte man Meik Roloff mit Hilfe gentechnischer Untersuchungen nachweisen. Zu drei in den vergangenen fünf Jahren in den Wäldern gefundenen Frauenleichen passten die Spuren. Aber womöglich waren es noch mehr, nur dass man sie noch nicht gefunden hatte. Meik schwieg bis zur Gerichtsverhandlung und räumte dort auch nur die Morde ein, die man ihm nachweisen konnte. Seine Opfer waren Frauen mit dem gewissen Etwas gewesen, Kurzhaarige in Herrenjacken mit Innentaschen, mit Biss, mit Freiheit im Blick. Meik wurde zu »lebenslänglich« mit anschließender Sicherungsverwahrung verurteilt.

Ilse überlebte unverletzt. Aber ich habe sie nie wiedergesehen. Es war Madlen, die mich nach den Feiertagen anrief, um sich von mir zu verabschieden und mich wärmstens nach Dresden einzuladen. Sie erzählte auch, dass die Polizei Ilse bei sich zu Hause angetroffen hatte. Mich hatte man ja nicht mehr mitgenommen zu ihr. Das war jetzt reine Polizeisache geworden, und ich war nur noch Zeugin.

»Er hatte es auf Sie abgesehen, Lisa«, sagte sie. »Er wollte Sie vergewaltigen. Sie haben sich gewehrt und ihm das Messer in den Bauch gerammt. An den Kampf erinnern Sie sich nur nicht, weil Sie gleich darauf das Bewusstsein verloren haben. Sie wussten nur noch, dass Ilse dabei war. Sie hat sie womöglich ursprünglich sogar warnen wollen. Deshalb hat sie gefragt, ob Sie lesbisch sind. Anscheinend sind Sie und Meik sich mal begegnet.«

»Nur kurz.«

»Ilse hat ausgesagt, dass er Sie von Anfang an gehasst hat. Er wollte ihr sogar den Umgang mit Ihnen verbieten, auch den Spaziergang, zu dem Sie sich verabredet hatten. Sie hat ihn ausgelacht. In aller Freundschaft, sagt sie. Er muss Ihnen beiden gefolgt sein. Am Holzstoß hat er Sie gestellt. Dort hatte er schon mal gemordet. Ein bewährter Tatort. Für Ilse sah es wie Zufall aus. Sie bestreitet sogar, dass Meik Sie mit dem Messer bedroht hat. Es sei irgendwie eskaliert, sagt sie. Sie seien aggressiv geworden. Sie hätten sich verletzt. Das habe Sie so wütend gemacht, dass Sie mit dem Messer auf ihn losgegangen seien …«

»Das kann doch nicht wahr sein!«, fuhr ich auf.

»Keine Sorge. Es ist sein Messer, das steht fest. Ilse behauptet, sie habe sich dazwischengeworfen. Glücklicherweise sei ihr nichts geschehen. Sie seien ausgerutscht und gegen den Holzstoß gefallen. Das war für Meik und sie das Signal abzuhauen. Die Jacke hat sie allerdings noch ausgezogen, weil sie voller Blut war. Davor hat sie sich geekelt.«

»Wie kann sie so etwas sagen? Sie schützt ihn doch.«

»Verdrängung, würde ich sagen.« In Madlens Stimme schwang ein weises Lächeln mit. »Welche Frau gibt schon gern zu, dass ihr erster Freund in der Stadt ein Mörder war? Bis vor die Türen des Pressehauses hat er sie gebracht. Er war Ilses Sprungbrett in die Karriere und die Betten anderer Männer. Morgen hätte sie ihn verlassen. Sie will es nicht kapieren.

Sie hat nicht einmal mitgekriegt, dass Meik schwer verletzt war. Sie hat sich ihre Story zurechtgelegt, eine saubere. Es müsse alles ein großer Irrtum sein, meint sie.«

Bei solch schöner Begabung zur Realitätsverschiebung, dachte ich, werden wir die kleine Ilse eines Tages vielleicht doch noch als Nachrichtenmoderatorin im Fernsehen sehen. Die geht über Leichen.

Lehmann über *Der Frauenkopfmord*:
Diese düstere Geschichte sollte ursprünglich einmal im Rahmen einer Sammlung von Kurzgeschichten erscheinen, die sich an Wilhelm Müllers und Franz Schuberts romantischer »Winterreise« orientierten. »Fremd bin ich eingezogen, fremd zieh' ich wieder aus«, so beginnt der Liederzyklus, und ich fragte mich damals: Wer ist fremd und muss plötzlich abreisen? Ein Mörder, und zwar einer von denen, die sich auch selbst fremd bleiben, weil ihre Taten irrational sind. Mein Text gefiel den Macherinnen des Buches aber nun leider gar nicht. Und so fand er schließlich die bessere Heimat in einer Schwaben-Anthologie von Ariadne. (Zuerst erschienen in: *Mord isch hald a Gschäft*, Ariadne 2004)

Die Blutnacht von Uhlbach

Wir überquerten Neckarbrücken. Der Mercedes rollte eine ewig lange Straße hinauf. Es gab nur diesen Zugang. Zwischen Stuttgart und Esslingen im Trichter von Weinbergen lag das kleine Wengerterdorf. Streifige Rebhänge im Westen, Norden, Osten unterm tiefhängenden Novemberhimmel, eine Kirche, der Friedhof, eine alte Kelter, ein altes Fachwerkrathaus, der Uhlbacher Platz, die Trollinger Straße.

»Fruchtbarer Boden und Windstille, das ist das Uhlbacher Weingeheimnis«, erklärte mir Richard, freigiebig nur mit unnötigem Wissen.

»Wieso ausgerechnet am 9. November?«, bemerkte ich, als wir ausstiegen, Richard sich eine letzte Zigarette anzündete und auf die Weinstube *Löwen* zusteuerte.

»Wieso nicht?«, antwortete er. »Die Wahrscheinlichkeit, dass in einer Gruppe von dreißig Leuten zweie am selben Tag Geburtstag feiern können, liegt so hoch, dass ich hundert Euro darauf verwetten würde.«

»Ich nicht!«

Richard lachte. Er vertraute nicht nur dem Rechtsstaat, sondern auch der Mathematik, insbesondere der Wahrscheinlichkeitsrechnung. Der kurze Weg die Trollinger Straße entlang zum *Löwen* reichte nur für drei Lungenzüge, bevor es die Treppe hinauf in die neue deutsche Enthaltsamkeit ging.

Ein Neufundländer lag nachtschwarz im Eingang des Restaurants. Gut, dass ich Cipión zu Hause gelassen hatte. Seit einiger Zeit neigte mein Dackel zu Größenwahnsinn und pochte auch bei großen Gegnern auf seine Überlegenheit.

Am Stammtisch des *Löwen* saßen auf dunklen Holzstühlen mit Herzchen in den Rückenlehnen vier Männer und eine Frau beim Viertele Rotenberg Trollinger örtlicher Lage. Richards Nüstern weiteten sich. Er hätte gar nicht zu süchteln brauchen, denn auf dem Tisch standen Aschenbecher, in den Händen qualmten Zigaretten. Die Fenster färbten sich dämmerblau.

Einer stand auf, reichte uns die Hand und stellte uns die Runde vor. Er selbst hieß Rolf, war Wengerter und zwirbelte an einem Schnauzbart. Außerdem saßen da Michael der Arzt, Renate die Landtagsabgeordnete, Peter der Lehrer und Andreas der Apotheker. »Und das ist Oberstaatsanwalt Dr. Richard Weber. Er hatte mich gefragt, ob er heute mal dabei sein darf.«

Die Landtagsabgeordnete runzelte die Stirn. Sie war brünett, steckte in einem rotgeblümten Sakko und trug um den faltigen Hals ein Merkel-Kettchen aus Lapislazuli.

»Und das ist«, sagte Richard, »Lisa, meine …«

»Schwabenreporterin Lisa Nerz«, unterbrach ich ihn, bevor er mich zu seinem weiblichen Anhängsel degradierte. »Ich möchte aus gegebenem Anlass was über Ihr Jubiläum schreiben.«

»Setzt euch erst mal«, sagte Rolf der Wengerter.

Auf dem Tisch stand ein hölzerner Aufsatz, gepflastert mit in Messingschildchen gravierten Namen der Stammtischler seit Kriegsende. Auf Fensterbrettern und in Ecken saßen Puppen vom staubigen Flair der Gründerzeiten von *Gasthaus & Bäckerei zum Löwen* vor reichlich hundert Jahren.

Ich bestellte ein Pils, Richard sein Alkoholfreies.

»War das denn ausgemacht«, fragte Renate die Landtagsabgeordnete in die Runde, »dass wir die Presse dabeihaben?«

»Jetzt hab dich nicht so, Renate!«, sagte Rolf der Wengerter. »Wir haben ja niemanden umgebracht.«

Die Braue von Oberstaatsanwalt Dr. Richard Weber zuckte, aber er hielt die Augen in die Karte auf Zwiebelrostbraten, Kässpätzle, Maultaschen in der Brühe oder g'schmälzt und Löwenpfännle gesenkt.

»Und du, Richard«, rief Rolf gemütlich, »ka'sch die Kart glei weglege. Heut gibt's das Blutgericht.«

»Was genau veranstalten Sie hier?«, erkundigte ich mich.

Die Männer und die eine Frau blickten sich an. »Das ist so«, antwortete Peter der Lehrer und strich sich über die schlipslose Knopfleiste seines karierten Hemds. »Mein Großvater hat zu denen gehört, die wo in der sogenannten Blutnacht von Genf am 9. November 1932 von der Schweizer Armee erschossen worden sind. Dreizehn Demonstranten, alles Antifaschisten. Der alte Kampf zwischen Links und Rechts. Und das hier«, er deutete auf ein Schildchen im Stammtischaufsatz, »das ist der Andreas. Aber das ka'sch du selber verzähle.«

»Was soll ich erzählen?«, fragte der Apotheker mit nervösen Feingeistfingern. »Sagt Ihnen der Venlo-Zwischenfall was, Frau Nerz? Es war kurz nach Ausbruch des Zweiten Weltkriegs, am 9. November 1939. Da hat die SS zwei britische Geheimdienstoffiziere entführt, von niederländischem Gebiet gleich hinterm Schlagbaum.«

»Und zwar einen Tag nach dem Attentat auf Hitler im Münchner Hofbräukeller«, ergänzte Richard. »Hitler wollte die Tat, die, wie wir heute wissen, von dem Schwaben Georg

Elser allein begangen wurde, dem britischen Geheimdienst in die Schuhe schieben. Die Entführung der beiden Offiziere machte übrigens das gesamte britische Geheimdienstnetz in Europa wertlos.«

»Der ältere Bruder meiner Mutter«, sagte der Apotheker mit zuckenden Fingern, »war der holländische Generalstabsoffizier Dirk Klop. Der Einzige, der dem deutschen Sonderkommando damals Widerstand geleistet hat. Er erlitt einen Kopfschuss. Sie haben auch ihn nach Deutschland verschleppt. In einem Düsseldorfer Krankenhaus ist er dann gestorben. Man hat seinen Leichnam zwar einbalsamiert, dann aber 1940 doch verbrannt und irgendwo in Düsseldorf verbuddelt.«

»Und ich bin ein Urenkel von Robert Blum«, erklärte Michael der Arzt und drehte einen Siegelring am Finger.

»Dichter und linksliberaler Abgeordneter aus der Paulskirche«, soufflierte mir Richard. »Hat während der Oktoberrevolution 1848 Wien auf Seiten der Revolutionäre gegen die kaiserlich-königlichen Truppen verteidigt.«

»Er wurde am 9. November in Wien hingerichtet«, erklärte Michael mit immer noch frischer Entrüstung in der Stimme. »Standrechtlich erschossen am Jägerhaus in der Brigittenau. Das ist sein Siegelring.«

Die Kellnerin brachte Teller mit Salat, und der Wengerter strich sich mit Daumen und Zeigefinger die Grannen des Schnauzbarts von der Oberlippe. »Der Hitler-Ludendorff-Putsch von 1923, der ist Ihnen ein Begriff?«, fragte er.

Ich nickte. Gelogen.

»Blutig niedergeschlagen am 9. November von der Bayrischen Landespolizei an der Feldherrnhalle in München. Hat nur leider nicht viel genützt. Ich bin der Enkel von einem der vier Polizisten, die dabei getötet wurden. Hitler versteckte sich in einem Krankenwagen und floh.«

»Zwei Jahre später«, merkte Richard an, »hat er die Gründung der SS angeordnet, übrigens am 9. November.«

»Und Sie?«, wandte ich mich an die Landtagsabgeordnete, die mit spitzer Gabel den Salat sortierte. »Wo waren Ihre Vorfahren die Opfer? Bleibt doch eigentlich nur noch die Nacht, als die Synagogen brannten und Juden ermordet wurden? Reichskristallnacht, wie das in meiner Schulzeit noch hieß.«

»Dann gäb's mich wohl kaum«, sagte Renate. »Nein. Meine Mutter war Sekretärin im Rektorat der Hamburger Universität. Sie war es, die für die Feier zur Amtseinführung des neuen Rektors am 9. November 1967 ein schwarzes Tuch mit dem Text aus weißen Leukoplaststreifen beklebte, das zwei Studenten als Transparent vor den Professoren hergetragen haben. Und darauf stand: ›Unter den Talaren – Muff von 1000 Jahren.‹«

»Ach!« Ich musste lachen. »Ihre Mutter hat die Studentenrevolte ausgelöst. Als Angestellte der Uni! Und jetzt möchten Sie nicht, dass ich das schreibe, weil es nicht zu Ihrer politischen Partei passt?«

»Das kann jeder wissen!« Renate schluckte mächtig an einem bitteren Chicorée-Blatt. »Und ihre Idee war's ja auch nicht gewesen, sie hat nur geklebt.«

Richards asymmetrischer Blick schoss unter halb gesenkten Lidern zu ihr hinüber. Aha!, dachte ich.

»Übrigens, an die Reichspogromnacht hat damals niemand gedacht, trotz der Anspielung aufs Tausendjährige Reich«, erklärte die Abgeordnete. »In den Sechzigern hat man den Tag nicht offiziell begangen. Die Herren hatten ja alle Dreck am Stecken.«

»Und Ihre Mutter?«, fragte ich.

»Sie wurde am anderen Morgen tot aus der Binnenalster

gezogen. Es wurde nie geklärt, wer sie hineingestoßen hatte und warum.«

Die Kellnerin brachte den Hauptgang, das Blutgericht. Es bestand aus dem, was mir seit jeher Ekel die Kehle herauftrieb: Sauerkraut mit Blutwürsten und gekümmelten Pellkartoffeln.

»Ich war damals acht Jahre alt«, fuhr Renate die Landtagsabgeordnete fort. »Meine Mutter hatte mir vom 9. November erzählt. Sie kam aus Halle an der Saale. Ihr Vater hat sie bei der Hand genommen und ist mit ihr durch die Straßen gegangen, wo die Braunhemden wüteten, bis zur Synagoge am Großen Berlin. Ohne ein Wort zu sagen! Mein Großvater war Kommunist. Er hat von den Konzentrationslagern gewusst, hat meine Mutter mir erzählt. Wer es wissen wollte, konnte es wissen.«

Ich bedauerte, dass ich Cipión nicht unterm Tisch hatte. Er hätte die schmierig flüssigen Innereien der Blutwurst, die ich kalt werden zu lassen gedachte, gern und gierig geschlabbert. Aber das Sauerkraut konnte ich vielleicht hinter mir auf dem Fensterbrett zwischen Nippes verstecken oder in Blumentöpfen versenken.

»Und nach dem Krieg«, erzählte Renate weiter, während Rolf seinen Schnauzbart zwirbelte, Peter der Lehrer sich über den karierten Bauch strich, Michael der Arzt am Siegelring drehte und der Apotheker sich die empfindlichen Finger rieb, »hat meine Mutter als Studentin einer Hallenser Widerstandsgruppe angehört. Sie wollten keine neue Diktatur. In den Büchereien haben sie Pamphlete in die Bücher gesteckt und solche Sachen. Einer aus der Gruppe – so hat es mir meine Mutter erzählt – verliebte sich in sie, aber sie wies ihn ab. Daraufhin verriet er die Gruppe an die Stasi. Am 9. November 1951 wurde meine Mutter von Herren in schwarzen Mänteln abgeholt. Sie saßen gerade beim Mittagessen – es gab Himmel und Erde, das sind Kartoffeln und Äpfel gekocht mit Speck, Zwiebeln und Kümmel …«

»Brr!«, schnaubte Rolf der Wengerter unter seiner Oberlippenbürste hervor.

»Gilt auch als schwäbisches Gericht«, erklärte Andreas der Apotheker. »Und als bayrisches und westfälisches.«

Aber Renate ließ sich nicht beirren. »Das habe ich später nie essen können. Nie! Und eins habe ich schon als Kind begriffen: Man muss es schaffen, seine Feinde zum Lachen zu bringen. Meine Mutter hat das gerettet. Sonst hätte die Stasi sie nicht noch am selben Tag wieder laufen lassen. Sie hat sich sofort in den Zug nach Ostberlin gesetzt und ist mit der S-Bahn nach Westberlin gefahren. Das ging vor dem Mauerbau noch. Ihre Eltern hat sie nie wiedergesehen. Besuche in der DDR sind ja erst seit den Ostverträgen von Willi Brandt ab '73 möglich.«

»Und so gedenken wir am deutschen Schicksalstag«, sagte Rolf der Wengerter, der nur auf eine Atempause in Renates Erinnerungen gelauerte hatte, ergriff das Glas Rotenberger und erhob sich, »in der Blutnacht von Uhlbach unserer Toten und aller Opfer im immerwährenden und oft vergeblichen Aufstand gegen Unterdrückung, Verfolgung und Mord.«

Alle standen auf und hoben die Gläser: der Lehrer in seinem karierten Hemd, das nicht feierlich werden wollte, der Apotheker mit flirrenden Fingern, der Arzt mit dem Siegelring seines standrechtlich erschossenen Urahnen, die konservative Abgeordnete mit ihrem kommunistischen Großvater und der APO-Mutter, der Winzer mit seinem Walrossschnauzer.

Richard machte ein züchtiges Schweigeminutengesicht. Ich

überlegte, ob ich sitzen bleiben, mich bekreuzigen oder die Hand auf die Brust legen und die Nationalhymne oder doch besser die Faust erheben und die Internationale anstimmen sollte.

»Freiheit ist immer Freiheit des Andersdenkenden!«, schmetterte Rolf. Die Gläser klirrten über dem Stammtischaufsatz mit den Messingschildchen. Rundherum standen die Teller mit dem Gemetzel an der Blutwurst, ausgepressten Wurstpellen, kalter Kartoffelstärke und Sud vom Sauerkraut. Im Rest der Puppenstube war an diesem Montag kein Mensch, wie mir erst jetzt auffiel.

»Auf den Fall der Mauer!«, salutierte ich mit meinem Pils.

Richards Blick traf mich. Er lächelte leise.

Man setzte sich wieder.

»Sie alle haben also«, wandte ich mich an Renate die Landtagsabgeordnete, »am 9. November einen mehr oder minder entfernten Verwandten verloren. Wie kommt es, dass Sie sich hier in Uhlbach zusammengefunden haben?«

»Zufall!«, meinte Michael der Arzt.

»Es gibt keinen Zufall!«, verkündete Andreas der Apotheker.

»Es heißt doch«, meinte Peter der Lehrer, »jeder Mensch sei über fünf Ecken mit einer berühmten Person bekannt. Warum soll das nicht auch für ein Datum gelten? Ich bin hier seit zwanzig Jahren Lehrer, Michael ist mein Hausarzt, was er mir verschreibt, kaufe ich bei Andreas in der Apotheke. Renate hat hier ein Haus. Man trifft sich im *Löwen*, kommt ins Gespräch. Das ist keine große Sache.«

»Und wenn wir uns nur lange genug unterhalten«, bemerkte Richard, »finden wir sicher noch ein paar Beziehungen.«

Ich horchte auf. Wenn Richard bedeutungsschwangere

Allgemeinplätze von sich gab, dann war es meine Aufgabe zu stochern. »Nur dass Sie, Frau Abgeordnete«, startete ich, »als Einzige in der Runde nicht wissen, wer für den Tod Ihrer Angehörigen verantwortlich ist.«

»Neonazis!«, sagte Andreas der Apotheker. »Die NPD war stark in den Sechzigern. ›Die gehören alle ins Konzentrationslager!‹ Das hat damals sogar der einschlägig vorbelastete Orientalistikprofessor von Hamburg geschrien! Nicht wahr, Renate?«

»Es waren DDR-Agenten«, widersprach Peter der Lehrer schlau. »Der Westen ist doch total unterwandert, wie wir seit 1979 wissen, nachdem dieser Leipziger Atomphysiker, dieser Stiller, mit den Unterlagen aus der Spionageabteilung von drüben zu uns geflohen ist. Ich sage nur: Kanzleramtsspion Guillaume. Übrigens ist sein Sohn erst letztes Jahr zu uns übergesiedelt. Ganz offiziell! Während man den Papa drüben mit Orden und Ehrungen überschüttet!«

»Und warum sollte die Stasi …«, fragte ich.

»Um den Westen zu destabilisieren!«, unterbrach mich der Lehrer. »Man hat gehofft, der Tod von Renates Mutter in der Nacht nach dem Eklat in der Uni werde die Studentenproteste anheizen. Die Studenten würden die Nazis dafür verantwortlich machen …«

»Der Tod einer Frau«, behauptete ich, »hat noch nie eine Protestbewegung ausgelöst!«

»Das stimmt so auch nicht ganz, Lisa!«, sagte Richard. »Nach den Morden des kapitalistischen Freicorps an Karl Liebknecht und Rosa Luxemburg im Januar 1919 kam es in ganz Deutschland zu Aufständen.«

»Liebknecht, ja klar!«

»Und, Lisa, es waren in Breslau die Arbeiter, die Rosa Luxemburg aus dem Gefängnis befreiten, übrigens am

9. November 1918, dem Tag, als die Novemberrevolution Berlin erreichte, Kaiser Wilhelm abdanken musste, die Republik Deutschland ausgerufen und der SPD-Politiker Friedrich Ebert Kanzler wurde.«

Renate lächelte mich mitfühlend an. Auch wenn wir immer im Nachteil sind, beweisen können wir es so schlecht.

»Wenn es Leute von der Stasi waren«, sagte ich, »die Ihre Mutter umgebracht haben, dann lässt sich das vermutlich mit Hilfe der Stasiakten klären.«

Erstaunte Blicke.

Dann lachte der Apotheker auf. »Wo leben Sie denn, Frau Nerz? Glauben Sie, die da drüben geben uns ihre Akten raus, wenn unser Oberstaatsanwalt nur recht höflich darum bittet?«

»Sie müssen nur einen Antrag bei der Birthler-Behörde stellen!«

Über den Stammtischaufsatz hängten sich große Fragezeichen. In Richards Augen funkelte es eigenartig. Vergnügt zündete er sich eine Zigarette an. Ganz schön verqualmt war es mittlerweile in der Puppenstube. Dass man das früher ausgehalten hatte!

»Ich verstehe nicht, wo das Problem ist«, sagte ich. »Die Mauer ist vor zwanzig Jahren gefallen!«

Die Landtagsabgeordnete kniff abschätzend die Augen zusammen. »Welche Mauer?«

»Wie viele hatten wir denn?«

Jetzt lachte der Wengerter. »Junge Frau! Die Wiedervereinigung, die erleben wir nicht mehr, zumindest ich nicht.«

Ups!

»Oder es gibt Krieg, und die Welt geht im Atompilz zugrunde. Machen Sie sich da keine Illusionen, Frau Nerz: Russland wird Ostdeutschland niemals rausrücken. Die deutsche Wiedervereinigung wird es nicht geben! Da gehe ich jede Wette ein. Nicht ohne Blutvergießen und Krieg. Und da sei Gott vor.«

»Aber Gorbatschow lässt doch hoffen«, sagte Richard. »Es dürfte doch sogar euch in Uhlbach nicht entgangen sein, dass die Republikflüchtigen seit September zu Zehntausenden über die ungarische Grenze kommen, auch wenn es immer heißt, in Uhlbach komme alles zwanzig Jahre später, und wenn die Welt untergeht, dann müsse man nur nach Uhlbach gehen.«

»Ja, scho!«, antwortete Rolf der Wengerter. »Und stell dir vor, wir hier im Trichter der Ahnungslosen haben sogar mitgekriegt, dass die DDR die Botschaftsflüchtlinge in Prag hat ausreisen lassen, damit man ungestört das 40-jährige Bestehen feiern kann. Hier im Westen übrigens auch. Wer will denn schon die Wiedervereinigung. Mal im Ernst, Richard?«

»Wir pumpen doch jetzt schon Millionen Devisen in die DDR«, sagte Renate. »Wer soll das denn bezahlen, wenn die zusammenbricht?«

»Machen wir uns nichts vor!«, sagte Rolf der Wengerter. »Wie das da drüben ausgeht, das wissen wir alle miteinander. Die sowjetischen Panzer werden alles niederwalzen. Und wenn nicht heut, dann bei der Montagsdemonstration nächste Woche in Leipzig.«

»Unsere Brüder und Schwestern im Osten wollen doch bloß ein bisschen reisen und die Welt sehen«, meinte Andreas der Apotheker. »Dann kehren sie alle wieder zurück. Denn so erstrebenswert ist unsere Ellbogengesellschaft ja wirklich nicht. Und drüben der Staat sorgt für alles, von der Kinderkrippe bis zum Urnenbegräbnis. Levis Jeans und Autos, das kann doch nicht der Sinn des Lebens sein.«

»Wer's hat, der kann gut reden«, sagte Rolf der Wengerter und strudelte den Wein durch den Gaumen. »Und Demokratie müsst schon sein!«

»Auf die Demokratie ist geschissen!«, meinte der Lehrer. »Was können wir schon groß bestimmen hier mit unserm Kreuzle alle vier Jahre. Ein bissle Reisefreiheit, ja, aber Freiheit … die macht den meisten doch bloß Angst.«

»Mein Vater«, sagte Michael der Arzt streng, »saß fünf Jahre in Bautzen, bloß weil er einen Witz erzählt hat!«

»Was für ein Witz war das denn?«, fragte Richard.

Michael nahm einen zeremoniellen Schluck und vergewisserte sich der gespannten Aufmerksamkeit der Runde. »Also: Wer ist der größte Feldherr der Weltgeschichte? – Walter Ulbricht. Er schlug zwei Millionen in die Flucht und nahm 17 Millionen gefangen.«

Rolf, Andreas, Peter, Renate und Richard lachten. Ich nicht. Spielten die das nur?, fragte ich mich. Gehörte die Leugnung der letzten zwanzig Jahre zum Retro-Geist der Blutnacht? Wer zu spät kommt, den belohnt das Leben?

Der Arzt musterte mich. »Das bezog sich auf den Mauerbau 1961. Das haben Sie verstanden, ja?«

Meine Galle begann zu giften, und nicht nur wegen der Blutwürste. »Wenn Ihr Vater in Bautzen saß, wie sind Sie dann in den Westen gekommen?«

»Man hat ihn freigekauft, 1966 war das. Fünf Jahre später durften meine Mutter und ich ausreisen. Wir haben alles zurückgelassen. Meinen Eltern gehörte eine Villa in Potsdam. Da sitzen jetzt die Bonzen drin. In Hamburg wohnten wir in einer Zweizimmerwohnung.«

»Aha!«, sagte ich detektivschlau. »Dann war Ihr Vater also zu der Zeit in Hamburg, als die Mutter von unserer Landtagsabgeordneten starb.«

Renate blickte auf. Aber neu konnte es ihr nicht sein. Zu viele Abende hatte sie mit ihren Blutnachtbrüdern verbracht. Gleichzeitig kam die Bedienung, um die Blutwurstschlacht abzuräumen und den Nachtisch zu bringen: Ofenschlupfer auf Vanilleeis. Und Renate lächelte, raffte ihre Handtasche an sich, stand auf, schob sich von der Bank an der Wand und irrte mit Toilettenblick davon.

Richard blickte ihr versonnen nach. Dann wandte er sich wieder dem Arzt zu. »Was hat Ihr Vater denn gemacht in Hamburg?«

Michael zuckte mit den Schultern. »Ich war acht Jahre alt, als meine Mutter und ich nach Hamburg kamen. Erst später habe ich begriffen, was mein Vater machte. Er hat Leichen aufgeschnitten. Er war Rechtsmediziner. Aber er ist mir fremd geblieben, er hat kaum was erzählt, er war ein gebrochener Mann und ist früh verstorben. Kurz vor seinem Tod – da war ich sechzehn – hat er mir erzählt, dass er die Leiche von Holger Meins vor dessen Beerdigung in Hamburg noch gesehen hat – Sie wissen, dieser RAF-Terrorist, der sich zu Tode gehungert hat …«

»Und der«, sagte Richard, »am 9. November 1974 in der JVA Wittlich starb.« Er zog aus der Innentasche seines cognacfarbenen Dreiteilers gefaltete Papiere, engzeilig betippt, die Schreibmaschinenzeichen breiig und blass, so oft waren sie schon kopiert worden. »Außerdem hat Ihr Vater am 10. November 1967 um 9 Uhr 11 zusammen mit dem Leiter des rechtsmedizinischen Instituts in Hamburg eine Frauenleiche obduziert, die man am frühen Morgen aus der Binnenalster gefischt hatte.«

Rolf schnaubte. »Ach was!«

»Was sind das für Papiere?«, fragte der Arzt.

»Ihr Vater hat der DDR Bericht erstattet über die Studentenbewegung. Das war die Bedingung gewesen dafür, dass Sie und Ihre Mutter ausreisen durften.«

»Was? Nein, ausgeschlossen! Mein Vater war erzkonservativ.«

Richard schob die Papiere an mir vorbei über den Tisch. »Das ist ein Auszug aus der Akte, die das Ministerium für Staatssicherheit über Ihren Vater geführt hat.«

Im Buchstabennebel der x-ten Kopie sprang mir – ohne dass ich mich anstrengen musste – das Wort Uhlbach ins Auge. Uhlbach in einer Stasiakte! Dabei war bis hierher bestimmt nicht einmal ein Trabi gekommen.

Michael schnappte sich die Blätter und begann sie zu überfliegen. »… die aufgeheizte politische Situation nutzen«, murmelte er vor sich hin, »… den Tod der Sekretärin instrumentalisieren, um die intellektuellen Studentenmassen und Arbeiter auf die Barrikaden zu bekommen … BRD destabilisieren …«

»Hab ich's nicht gesagt!«, rief Peter der Lehrer zufrieden.

Michael starrte uns an. »Das glaube ich nicht. Das soll mein Vater geschrieben haben?«

»Nein, das hat sein Führungsoffizier geschrieben«, sagte Richard. »Ihm hat Ihr Vater anscheinend auch erzählt, dass Renates Mutter ermordet wurde und er den Täter kannte.«

»Wer war es?«, fragte Rolf der Wengerter. »Sag schon, Richard, bevor Renate zurückkommt.«

»Er nennt keinen Namen!«, antwortete Michael an Richards Stelle mit streng gerunzelter Stirn. »Hier steht nur …«, Michael zog die Brille aus der Sakkotasche und setzte sie auf, »… ihm fehlte an der linken Hand der Ringfinger.« Der Arzt nahm die Lesebrille ab und blickte uns an. »Mehr steht hier nicht.«

Richards kurzfingrige Hand spielte mit der Zigarettenschachtel. Er hatte die Lider gesenkt und sah nicht aus wie ein Staatsanwalt, der gleich einen Mörder dingfest machen würde. Das überließ er lieber mir.

»Und er stammte aus Uhlbach«, sagte ich. »Da steht es. Und vielleicht ist das der Grund, dass Sie letztlich in Uhlbach gelandet sind. Der Name hockt seit Ihrer Kindheit in Ihrem Unterbewusstsein.«

»So ein Unsinn!« Der Arzt faltete die Blätter hastig zusammen und steckte sie in die Innentasche seines Jacketts. »Ich habe mich damals auf viele Praxen beworben. Es war Zufall.«

Renate die Landtagsabgeordnete kam mit frischem Lippenstift von der Toilette wieder und lächelte dort weiter, wo sie aufgehört hatte. Das Eis unter den Ofenschlupfern schmolz schon.

»Ich glaube«, sagte Michael der Arzt, während Renate auf die Bank rutschte, »ich spreche in unser aller Sinne, wenn ich mich für Ihren Besuch und Ihr Interesse bedanke, Herr Dr. Weber. Und wir möchten lieber nicht, dass Sie über uns schreiben, Frau Nerz. Wir wären dann jetzt auch gern noch ein bisschen unter uns.«

Warum hatte Richard das getan?, fragte ich mich. Warum hatte er dem Arzt die Stasivergangenheit seines Vaters nicht im diskreten Zwiegespräch eröffnet? Dann fiel es mir ein: »Sie kennen ihn!«, sagte ich. »Einer oder eine von Ihnen kennt ihn. Den Mann ohne Finger.«

»Wen?«, fragte Renate munter und erleichtert und nahm den Löffel.

»Verdammt!«, stieß der Lehrer hervor. Er weitete sich den ohnehin schon offenen Hemdkragen. »Du kennst ihn auch, Andreas!«

Der Apotheker ballte seine nervösen Hände zur Faust, als müsse er seine Finger schützen.

»Ihr meint doch nicht«, sagte Rolf der Wengerter, »diesen Vorsitzenden von diesem grausigen Verein? ›Beschränkung des Fernsehprogramms auf zwei Programme für deutsche Volkskultur und deutsche Hochkultur samt Wissenschaftspflege. Nationaler Befreiungskampf gegen Russland, dessen Besatzungstruppen die Deutsche Einheit behindern.‹«

»Alt genug wär er«, sagte Peter der Lehrer. »Andreas, es war letzte Woche in deiner Apotheke. Er hat mich nach unserer Blutnacht gefragt. Ob er nicht dazustoßen könne, der 9. November habe auch für ihn eine ganz persönliche Bedeutung.«

»Weil er an diesem Tag jemanden umgebracht hat!«, flüsterte der Apotheker. »Aber als ich ihm sagte, dass sich unsere Landtagsabgeordnete Renate bestimmt nicht mit ihm an einen Tisch setzen werde, beendete er urplötzlich das Gespräch und lief hinaus.«

Richard lehnte sich zurück. Ich war sicher, er wusste, von wem die beiden sprachen, und morgen würde irgendein Staatsanwalt anfangen zu ermitteln.

»Gut gemacht, Peter«, sagte Renate. »Wenn das die Presse mitgekriegt hätte. Ich und einer, der vom Verfassungsschutz beobachtet wird, bei geheimnisvollen Riten!« Sie lachte.

Richard blickte auf die Uhr. »Wollt ihr nicht mal den Fernseher anstellen, Rolf? Vor zwei Stunden, um 18 Uhr 57, hat das SED-Politbüromitglied Günter Schabowski eine neue Reiseregelung verkündet, die es DDR-Bürgern erlaubt, einen Antrag zu stellen, der schnell genehmigt wird, und behauptet, sie gelte ab sofort. Vor einer Stunde hat die Tagesschau gemeldet, die Berliner Mauer ist offen. Und jetzt stehen die Ostberliner und Westberliner auf der Mauer und feiern. In zweieinhalb Stunden gibt ein Oberstleutnant an der GÜST, der Grenzübergangsstelle Bornholmer Straße dem Druck der Massen nach und öffnet den Schlagbaum. Die ersten Trabis stürmen den Westen. Wenn es sicherlich auch keiner bis Uhlbach schaffen wird.«

Rolf der Wengerter lachte gemütlich. »Das will ich lieber nicht sehen, Richard. Wie so ebbes ausgeht, das wissen wir. Das haben uns die Chinesen doch gerade erst mit ihrem Massaker am Platz des Himmlischen Friedens vorgeführt. Da kann man sich wirklich nur wünschen, wir hier in Uhlbach wären tatsächlich zwanzig Jahre zurück und müssten das nicht miterleben.«

Richard senkte den Blick und lächelte.

Lehmann über *Die Blutnacht von Uhlbach*:
Manchmal treffen zwei Dinge zusammen: Der Auftrag, einen Kurzkrimi über den Mauerfall zu schreiben, der sich zu diesem Zeitpunkt zum zwanzigsten Mal jährte (und für mich immer noch ein Wunder ist, weil mehr als die Hälfte meiner Verwandtschaft »drüben« lebte), und eine Lesung in dem verschlafenen Wengerternest Uhlbach, bei der mir ein Einheimischer zufrieden erklärte, dass bei ihnen alles zwanzig Jahre später komme, weshalb man, wenn die Welt untergehe, nach Uhlbach kommen müsse, dann habe man noch zwanzig Jahre Zeit. (Zuerst erschienen in: *Immer Ärger mit den lieben Verwandten*, Ariadne 2009)

Das Vesperbrett

Das hieß jetzt Stadtbahn und schloss die Türen mit einem energischen Pfffft-Tak-Tak. Dagegen hatte der Türschluss der alten Strambe dem Stoßseufzer einer alten Frau geglichen, wenn sie das Bügeleisen aufs Brett stemmte, um am Hemd ihres Mannes die sich immer wieder emporkrümmende Kragenspitze zu plätten. Die alten Straßenbahnwagen waren auch noch formschön wie Nierentische gewesen, konisch geschnitten, hoch und so schmal, dass es nur Platz für Zweierbänke auf der einen und Einersitze auf der anderen Seite des Gangs gegeben hatte, in denen man sich auf rotem Kunstleder gegenübersaß, das die Bahn mit einem kratzigen Geruch nach Öl und Ordnungsmacht füllte.

Zwischen den verzahnten Knien zweier schwäbischer Hausfrauen und eines Rentners hatte man sich entweder zum Fensterplatz durchgequetscht oder sich auf der anderen Seite einem Rotzbengel gegenübergesetzt, der das Bein in den Gang grätschte. Zwischen mir und meinem Gegenüber immer das ovale Vesperbrett am Fensterrahmen und die stumme Frage, wer wohl den Unterarm auflegen würde. Eine Frage unverbrüchlicher sozialer Gesetze wie Stein-Schere-Papier. Rotzbengel schlägt Backfisch, Alte schlägt Rotzbengel, und der Rentner schlägt sie alle, weil ihm der Ranzen so schwer auf den Knien hängt, dass er mit dem Arm kaum woanders hinkann.

In der Stadtbahn ist das Vesperbrett zu einem handgroßen Trapez geschrumpft, auch die schwäbische Hausfrau ist im Rückgang begriffen. Die Rotzbengel tragen Skaterhosen und Baseballkappen. Die Sitze sind mit grünkariertem Wohnzimmerplüsch bezogen.

Der Kosmos, den ich am Stöckach bestieg, bestand aus Türkinnen mit Kopftuch, einem Schwarzen, einem jungen Herrn im Anzug, Müttern ohne Kinder mit Romanen oder Zeitschriften, Seniorinnen mit Taschen, Rentnern und Schülern, die mit ihren Handys spielten. Der Dealer mit der Rolex und dem Goldkettchen war auf der Plattform zwischen den beidseitigen Türen stehen geblieben.

Ich ließ mich ans Fenster fallen, gegenüber einer jungen Frau mit regenfeuchtem Rucksack auf den Knien. Neben ihr am Gang wackelte eine Alte im Regenmantel mit violettem Wollhut auf den silbrigen Haaren, schief wie eine auf einer Fensterbank vergessene Kerze am Ende eines Sommers. Halt gab ihr beim Ruckeln der Bahn das Ankergewicht der beiden Einkaufstaschen zwischen den Füßen. Für diese Beine in den fleischfarbenen Strumpfhosen war es sicherlich ein Segen, dass es in die Stadtbahn vom Hochbahnsteig ebenerdig hineinging. Stuttgart hatte auf die Niederflurbahnen nicht warten wollen und überall Hochbahnsteige gemauert, mit Rampen, die eine Mutter mit Kinderwagen nur im Anlauf nehmen konnte. Und dann nicht zaudern, sonst wurde sie vom Kinderwagen überrollt.

Die Bahn ruckte natürlich nicht mehr wirklich, wenn sie anfuhr, und die Alte kippte nicht von der Bank in den Gang. Aus meinem Blick schoben sich der Bunker der Staatsanwaltschaft auf der einen Seite und die gelben und roten Klinkerfassaden über den Reinigungen und Änderungsschneidereien auf der anderen Seite, während die Bahn schon die Nase senkte und der Beton der Tunneleinfahrt an den Fenstern emporstieg.

»Nächster Halt: Neckartor«, sagte eine Frauenstimme vom Band. In der alten Strambe waren die Stationen vom Fahrer angesagt worden, zu früh oder zu spät, oft gar nicht. Unter das Knistern der Verstärkertechnik hatte sich seine Tagesverfassung gemischt oder die ganze Schwere des Seins. Der Bopser war zu einem existenziellen Ächzen mutiert.

»Wer deckt heute noch einen Tisch richtig?«, murmelte die Alte und zupfte an ihren Taschenhenkeln. »Heutzutage kommt das Essen aus der Mikrowelle und man schlabbert alles mit der Gabel aus Plastikschalen.«

Die junge Frau mir gegenüber schickte einen kurzen Blick hinüber, ich studierte die Regenschlieren, die der Fahrtwind aufwärts bog.

»Meine Mutter hat noch jeden Tag, den der Herrgott hat werden lassen, eingedeckt, immer mit dem Rosenthal Pompadour Titian. Und ich konnte schon die Serviette zur Bourbonenlilie falten, bevor ich schreiben und lesen konnte.«

Die schwarze Tunnelwand machte das Fenster zum Spiegel, in dem ich nicht nur meine ablehnende Miene sah, sondern auch, dass die junge Frau mich musterte, mit blanken Augen, die sich dem Kosmos nicht verschlossen, der mit uns fuhr. Als ob sie an mir studierte, wie wir auf die verbale Inkontinenz unserer Alten reagierten.

»Bei uns daheim hat's immer drei Gänge gegeben, auch im Krieg und danach, als es nichts zu kaufen gab. Und die Suppe, die wird am Tisch aus der Terrine geschöpft. Der Weißwein kommt in das kleine, der Rotwein in das große Glas. Und für den Portwein zum Dessert nimmt man das kleinste.«

Die junge Frau mir gegenüber flickte mit ihrem Blick meine Narbe im Gesicht. Autounfall oder Kriegsverletzung? Sie war Anfang dreißig, eine Frau ohne äußerliche Eigenschaften, kurzhaarig, ungeschminkt, in Jeans, Sweater und Jacke. Eine Technikerin vielleicht aus dem nahen Funkhaus. Unter ihrer Jacke lugte als Überbleibsel einer Veranstaltung mit Publikumsverkehr ein angeklipstes Namensschildchen hervor, auf dem ich die ersten Buchstaben lesen konnte: *Frie...* Vielleicht Frieda? Nein, eher Friederike. Auf ihrer Nasenspitze hüpfte die Frage nach meinem Geschlecht unter Kurzhaar, Anzug, Schlips und Trenchcoat.

»Das Messer«, fuhr die Alte mit ihrem etwas gezierten Kulturschwäbisch fort, »muss mit der Schneide zum Teller liegen. Der Suppenlöffel liegt auf dem Teller und nicht außen neben dem Messer. Bei den Gabeln müssen die Zinken nach oben zeigen. Das Dessertbesteck liegt quer über dem Teller. Der Griff der Gabel zeigt nach links und der des Löffels nach rechts.«

»Und dann«, bemerkte ich, »frisst man sich von außen nach innen durchs Besteck.«

Friederike zuckte gegen die Rückenlehne zurück, so wie eine Schnecke die Stielaugen einzog, wenn man sie berührte. Meine Stimme hatte verraten, was sie schon gesehen, aber noch nicht geglaubt hatte. Fehlte doch auch über meinem Krawattenknoten der markante Adamsapfel meines fingierten Geschlechts.

»Wie bitte?«, fragte die Alte. »Was haben Sie gesagt? Sprechen Sie deutlich, junger Mann.«

»Immer von außen nach innen«, wiederholte ich.

»Aber wissen Sie auch, wann Sie anfangen dürfen zu schlabbern?«

»Wenn alle das Essen haben.«

Sie hob den krummen Zeigefinger. »Und nachdem die Hausherrin die Serviette genommen hat.«

Ich gab mich gelehrig. »Ah, ja.«

Friederikes Blick stielte sich vertrauensvoll auf mein Gesicht zurück. Sie schien keine eigene Geschichte in die Bahn eingeschleppt zu haben. Sie war offen für unsere. Womöglich persiflierte sie uns nach Dienstschluss in einer Laienschauspieltruppe.

»In Wahrheit«, ging mich die Alte direkt an, »halten Sie Tischmanieren für überflüssigen Firlefanz, den wo man bestenfalls beherrschen sollte, wenn man mit dem Chef ins Restaurant geht. Mein erster Mann war auch so einer. Klempner. Ein gefragter Mann nach dem Krieg, wo alles zerbombt war, aber ohne Kultur und Anstand.«

Wir zischten in die etagenreiche, aber menschenleere Haltestelle *Staatsgalerie* ein. Ich schätzte die Alte auf zwischen achtzig und Tod.

»Am liebsten hat er Eintopf gegessen. Da braucht's nur eine Hand, und mit dem andern Arm konnte er sich auf den Tisch stützen. Dann hat er die Brocken geschlungen wie ein Hund.«

Friederike lachte.

Die Äuglein der Alten mit den weißlichen Rändern um die blaue Iris zuckten zu ihr hinüber. »Und ein rechter Knauser ist er gewesen. Nix habe ich im Laden kaufen dürfen. Wir haben alles selber angebaut im Gärtle am Hasenberg, den Rhabarber, Salat, die roten Rüble und sogar Zwieble und Tomaten. Auch das Gsälz habe ich nicht im Laden kaufen dürfen. Tagelang habe ich eingekocht, Brombeeren, Himbeeren, Erdbeeren, Träubles. Und dann die Pilze. Nicht einmal Champignons aus der Zucht habe ich kaufen dürfen, wo keine Gefahr gewesen wäre. Deshalb ist er ja dann an einer Pilzvergiftung gestorben.

Und ich habe ihm sogar noch eigenhändig das Jägergulasch gekocht. Es war aber halt ein Grüner Knollenblätterpilz drunter. Einer reicht, hat der Arzt gesagt.«

»Und Ihnen ist nichts passiert?«, entfuhr es Friederike.

»Nein, mein Kind. Eine Dame isst wie ein Vögele, hat meine Mutter immer gesagt. Und es gab ja noch Flädlessuppe mit Schnittlauch und als Nachtisch Pudding mit Rhabarberkompott.«

Friederikes Pupillen weiteten sich.

Die Stadtbahn schwenkte aus dem Tunnel ins Licht der Haltestelle *Hauptbahnhof*. Hinter dem in Klammern gesetzten Zusatz *Arnulf-Klett-Platz* versteckte sich, was nach dem Krieg dreißig Jahre lang Stuttgarts Oberbürgermeister gewesen war. Die Türen öffneten sich und entließen fast den ganzen Bahninhalt. Menschen mit Rollkoffern und ein Trupp Japaner eroberten unseren Kosmos aus Vesperbrett und Wohnzimmerplüsch, violetten Stangen und netter Stationsansage.

»Mein zweiter Mann ist ja dann Fabrikant gewesen. Klodeckel. Geizig war er nicht. Das Gärtle habe ich verkaufen können. Aber er hat halt den Hals nie voll genug kriegen können. Gefressen hat er wie ein Mähdrescher. Immer hat er die Gabel vom Vorlegbesteck nachher auf seinem Teller liegen gehabt, die Bratensoß, die hat er mit dem Dessertlöffel vom Teller gekratzt, und vom Weckle zur Vorspeise hat er die Hälfte runtergebissen, statt, wie es sich gehört, ein Stückle abzubrechen. Und daran ist er dann ja auch gestorben.«

»Am Brötchen?«, stieß Friederike hervor.

»Es war an seinem Fünfzigsten. Wir hatten Gäste geladen. Fünf Gänge sollte es geben: Rinderbrühe mit Eierstich, Forelle blau, Roastbeef mit Kartoffelkroketten, Birne Helene zum Dessert und Käse. Aber als wir die Gläser anstoßen wollten, lag er plötzlich unterm Tisch und hat nicht einmal mehr geschnauft. Der Doktor hat mir das so erklärt: Man erstickt nicht an dem großen Brocken, der wo einem im Hals stecken bleibt, es ist der Vagusnerv am Hals, der überdehnt wird, und dann bleibt das Herz stehen.«

Friederike raffte ihre Jacke am Hals zusammen und schluckte.

»Der Steakhaus-Tod«, sagte ich. »Wenn die Leute ein zähes Stück Rindfleisch nicht kleinkriegen und dann runterwürgen.«

Die Bahn ließ die unterirdische Lichtinsel *Friedrichsbau* – in Klammern: *Börse* – hinter sich und kletterte zum *Berliner Platz* – in Klammern: *Liederhalle* – hinauf. Märzregen fädelte sich vom Himmel in den Asphalt. Er hatte die Natursteine der Liederhalle dunkel gewaschen, ließ aber die Mosaike glitzern. Die Japaner diskutierten. Nein, nicht alles, was in Stuttgart nach Waldorfschule aussieht, ist auch eine.

»Das hat man damals ja nicht gleich begriffen«, fuhr die Alte fort. »Herzinfarkt hat man gedacht. Zwei Zentner hat mein Mann ja damals auch gewogen.«

In Friederikes Mundwinkel zuckten Grauen und Lachen.

Die Bahn rumpelte über die Weiche, schwenkte nach links in die Fritz-Elsaß-Straße und hielt, die Nase bereits in den nächsten Tunnelmund gesenkt, erneut am Berliner Platz – diesmal in Klammern: *Hohe Straße* – zwischen dem Punk/Gothic-Shop *Gemini – Paris, New York* auf der einen und dem *Bollwerk* auf der anderen Seite, dem aus Glaswürfeln wie von Kinderhand zusammengeklötzelten Bankhaus mit der gewaltigen spiegelnden Schräge, die das *Fellini* vom Fußweg schied und die Tische, Stühle und zur Bourbonenlilie gefalteten Servietten vor dem Nasswerden bewahrte.

»Und ich«, brabbelte die Alte, während die Bahn sich erneut eintunnelte, »war auch noch schuld daran. Ich hätte halt warten sollen, bis er sein Weckle runtergekaut hatte, und nicht das Glas erheben, wo er gerade reingebissen hatte, um anzustoßen auf den Abend, denn ich habe ja gewusst, dass er es in einem verdrücken würde, um anstoßen und gleich trinken zu können.«

Friederike schaute mich an, und erstmals suchte sie dabei auch meinen Blick.

»Das Haus im Pfaffenweg habe ich dann geerbt. Und ich konnte es mir leisten, einen Lehrer zu heiraten, der wo nix gehabt hat, aber am meisten Anstand und Kultur von allen meinen Männern.«

»Und wie hat der sein verdientes Ende gefunden?«, fragte ich.

Die Alte äugte. »Wie meinen Sie? Sprechen Sie deutlich, junger Mann. Auch das ist eine Frage von Anstand und Respekt.«

»Verzeihung«, sagte ich laut und deutlich.

»Ihr dritter Mann«, griff Friederike ein. »Lebt der noch?«

Die U 14 hielt am Rotebühlplatz, der sich auch *Stadtmitte* nannte, was so verkehrt nicht sein mochte, wenn man die alte Kaserne des Finanzamts für den Mittelpunkt von Wohl und Wehe einer Stadt halten wollte. Die Japaner suchten vermutlich eher den Schlossplatz, stiegen jedoch aus.

»Tja, mein dritter Mann …«, sie seufzte gedankenvoll, »… der ist mir ja leider vor zehn Jahren auch gestorben. An Salmonellen. Wissen Sie, er war ja nicht von hier, sondern aus Thüringen gebürtig und hat seinen Kartoffelsalat immer mit Mayonnaise haben wollen. Dabei macht man einen richtigen Kartoffelsalat mit heißer Brüh, Essig, Salz und Zucker, die wo man dann über die noch warmen Kartoffeln gießt. Das schmeckt am zweiten Tag noch besser als am ersten.«

Friederike nickte hungrig.

»Wenn man ihn mit Mayonnaise macht, dann darf man ihn keine Stunde außerhalb des Kühlschranks stehen lassen im Sommer. Ich hab's meinem Mann hundertmal gesagt, dass er sein Essen wegräumen soll. Aber er hat halt immer alles stehen lassen, das Veschperbrettle, Tassen, Messer. Nichts hat er zurücktun können, auch die Wurst nicht in den Kühlschrank. Und dann bin ich halt einmal einen Tag mit meinen Freundinnen unterwegs gewesen auf Kaffeefahrt. Den Kartoffelsalat habe ich ihm hingestellt, ganz frisch. Doch er hat ihn dann wohl mittags nicht zurückgestellt in den Kühlschrank und abends noch mal davon gegessen.«

Sie fasste nach den Henkeln der Einkaufstaschen, denn auf den noch freien Platz ihr gegenüber setzte sich ein Mädchen, dessen Bekleidung weder von oben noch von unten reichte, um die Hüften zu bedecken. Es musterte uns von der Erzeugergeneration kurz und wandte sich dann einem Gesimse auf ihrem Handy zu. Von ihren Ohren hingen die Strippen eines MP3-Players.

Friederike beugte sich vor, während die Bahn anfuhr und die Alte noch mit ihren Taschen zugange war, und nahm mit geweiteten Nasenflügeln detektivische Witterung auf. Ihre Lippen formten nur für mich die Frage: »Mord?«

Ich zuckte mit den Schultern. »Wie will man das beweisen?«

Friederikes Augen wanderten wieder ab und musterten misstrauisch die Einkaufstaschen. Der Lauch, der aus einer ragte, hatte bereits begonnen, unseren Kosmos einzudünsten. »Und?«, fragte sie. »Was kochen Sie denn heute Schönes?«

»Das gibt eine Hühnerbrühe mit Gemüse und Fadennudeln. Und als Hauptspeise Hühnerfrikassee. Wissen Sie, mein Mann hat einen Husten, und da ist Huhn immer noch das Beste. Belastet nicht und weckt die Lebensgeister. Ich bin extra auf dem Markt in Cannstatt gewesen. Wo kriegt man heutzutage denn sonst noch ein echtes Suppenhuhn?«

Mir lief das Wasser im Mund zusammen.

»Dabei sollte ich eigentlich nicht mehr so schwer tragen, wegen meiner Bandscheibe. Aber die Schwiegertochter hat mich halt heute nicht fahren können. Ihr ist nicht wohl.«

Friederike rutschte unruhig in ihrer Fensterecke hin und her. »Sie sollten zum Arzt gehen.«

»Wegen der Bandscheibe? Da kann man nix machen, mein Kind. Werden Sie erst mal so alt wie ich! Und einkaufen muss man halt.«

»Nein, mit Ihrem Mann, meine ich, sollten Sie zum Arzt!«

Die Alte winkte ab. »Der geht doch nicht! Das ist ein rechtes Drama jedes Mal, bis ich den zum Doktor kriege. Er meint immer, er sei noch ein junger Kerle, nur weil er zwanzig Jahr jünger ist als ich …«

Friederike und ich wechselten einen amüsierten Blick. Nach dem armen Lehrer hatte die Alte sich offenbar zum Schluss einen jungen Mann gegönnt.

»… und so ein Husten, sagt er, geht, wie er gekommen ist.«

»Wo müssen Sie denn aussteigen?«, erkundigte ich mich, ganz Mann schneller Entschlüsse: Problem erkannt, Lösung anvisiert, später dann das Handgemenge und die Heldentat für meine schöne Friederike.

Die Alte blickte sich fast erschrocken um. Gerade schob sich das Schild *Österreichischer Platz* an uns vorbei, verlangsamte sich und hielt.

»Die nächste muss ich raus«, stellte sie fest und packte ihre Einkaufstaschen. »Das ist jetzt aber schnell gegangen. Dann muss ich mit der Zacke zum Pfaffenweg hinauf.«

»So ein Zufall!«, rief ich. »Da muss ich auch hin. Ich könnte Ihnen tragen helfen, wenn Sie möchten.«

»Vielen Dank, das ist ja ganz reizend von Ihnen, junger Mann. Ganz reizend!«

Friederike blickte mich nachdenklich an. Sie fragte sich nicht, ob ich geschwindelt hatte, sie wusste es, und als die Bahn in die rötliche Grotte unterm Marienplatz einfuhr, stand auch sie auf und griff sich die eine Tasche, während ich die andere nahm. Flaschen klirrten. Ein Wunder geschah. Denn wie oft schon hatte die Bahn Lebenswege zusammengefädelt und im nächsten Augenblick auseinandergerissen. Wie oft schon war man ausgestiegen und hatte sich ab diesem Moment für Tage und Wochen, sogar Jahre, einen Blick nicht aus dem Kopf schlagen können, aus dem hätte mehr werden können, womöglich die Liebe des Lebens, wenn man nur früher oder später, in jedem Fall aber zusammen, ausgestiegen wäre, um noch ein Stück Wegs in derselben Richtung zu gehen.

»Übrigens«, flüsterte ich Friederike zu, als wir ausstiegen, »ich heiße Lisa.«

»Friederike«, antwortete sie.

»Ich weiß«, sagte ich und zupfte das Namensschildchen unter ihrer Jacke frei. Sie zuckte vor meinem Übergriff zurück und trat dem Mädchen auf die Zehen, das ihr auf dem Fuß folgte, das Handy noch in der Hand und die Stöpsel im Ohr, das Gesicht wie unter einer Schicht Plexiglas, durch welche die Geräusche und Bilder nur verzerrt in ihr Hirn drangen.

Mit der Alten in unserer Mitte wandten wir uns dem Fahrstuhl zu, der mit seinem grünlichen Panzerglas nur unvollkommen den Eindruck von Düsternis verwischte. Friederikes Blick verbohrte sich in meinem Krawattenknoten, hinter lächelnden Lippen stellte sie sich Fragen. Ich jubilierte stumm. Egal ob Mann oder Frau, man hatte immer eine Chance, sobald eine Frau anfing zu prüfen, ob ein erotisches Interesse vorlag, selbst dann, wenn sie sich gefeit fühlte gegen lesbische und andere Ausrutscher. Ihre Tür stand einen Spaltbreit offen. Wo sie hinausblickte, konnten andere, auch ich, hineinspicken. All mein Trachten musste nun darauf zielen, meinen Takt mit dem meiner begehrten Schönen zu synchronisieren, die es sich in den Kopf gesetzt hatte, der wirren Geschichte einer alten Hexe auf den Grund zu gehen.

Der kürzlich erst abgeräumte und frisch planierte Marienplatz döste kahl unterm Laken gelber Steinplatten im Nieselregen. In Randbezirken waren letzten Sommer die jungen Bäume nicht angewachsen, und die Skater hatte der Regen abgespült. Etwas an den Rand gerückt inselten die gläsernen Fahrstuhlwürfel und die überdachte Haltestelle der Zahnradbahn mit Mülleimern und Fahrscheinautomat.

Die Zacke wartete mit offenen Türen. Der Fahrer vertrat sich draußen die Beine. Auf der Lore vorn am Triebwagen stand heute kein einziges Fahrrad. Ab hier, schon an dieser Haltestelle, wurde die Stadt schief. Die Haltestellenstühle unterm Glasdach treppten, die Schienen wurden von der neuen Brücke emporgezogen, die leichtfüßig, aber steil in die Häuser des Lehenviertels zielte.

Schienenwege, Zahnradspur und Bahn waren im Grunde ständig Baustelle, eine fast pausenlose Intensivstation für die alte Dame, deren Existenz dennoch in all den Jahren niemals wirklich in Frage gestellt worden war, vielleicht weil sie wie keine andere Bahn den schwäbischen Lebensrhythmus verkörperte. Ab neun Uhr abends stand sie still, doch endete die Nachtruhe für die Anwohner entlang der Strecke bereits um Viertel nach fünf.

Mit ihren beiden flaschenschweren Taschen wäre unsere Alte nie die Treppen hinein gekommen. Drinnen saßen bereits zwei Frauen mittleren Alters und ein ausländischer Mitbürger. Die Sitze waren hier blau geplüscht, die Vesperbretter fehlten ganz. Es war still wie in einem Wohnzimmer. Jedes Wort, das wir sagten, konnten alle mithören, auch wenn an den fernen Rändern des Platzes der Verkehr toste. Zeit der Blicke. Aus der Fronttasche von Friederikes Rucksack, den sie auf ihren Knien umarmte, lugte ein Taschenbuch so weit heraus, dass ich die Buchstaben *Virgin* lesen und zur Hypothese *Virginia Woolf* ergänzen konnte.

Es kam dann noch einer mit einem Fahrrad, der zwar vom Helm bis zur Wasserflasche die Ausrüstung, aber nicht genug Ambitionen besaß, den Berg hinaufzuasten. Als hätte er nur noch auf diesen einen Radler gewartet, zog sich der Fahrer die Hosen hoch, ordnete sein Hemd und bestieg seinen Fahrerstand. Die Türen schlossen sich seufzend, grollend zahnte sich die Bahn die Brücke empor.

Ich beugte mich vor, zupfte das Buch ein Stück weiter aus der Rucksacktasche, haschte nach Friederikes Blick und in meinem Kopf nach den Schatten früher Lektüre. Die Dringlichkeit, mich einzugrooven in den geistigen Rhythmus der Eigenschaftslosen, gab mir die Worte ein: »Wieder saßen sie schweigend und blickten ins Feuer. Eleanor wünschte, er würde weiterreden, der Mann, den sie Nicholas nannte. Wann, wollte sie ihn fragen, wann wird diese neue Welt kommen? Wann werden wir frei sein? Wann werden wir abenteuerlustig leben, und mit unserem ganzen Wesen, nicht wie Krüppel in einer Höhle. Er schien etwas in ihr freigesetzt zu haben; sie spürte nicht nur einen neuen Zeitraum, sondern neue Kräfte, etwas Unbekanntes in sich.«

Friederike lachte trocken und skeptisch.

»Das ist aus *Die Jahre* von Virginia Woolf«, lächelte ich. Es war allerdings weder dieser noch ein anderer Roman, den Friederike las, sondern eine Biografie aus männlicher Feder. »Warum liest du das? Was machst du denn so?«

Sie kreuzte die Arme über dem Rucksack. »Nichts Besonderes. Ich bin Toningenieurin.«

»Und ich hätte gedacht, mindestens Schriftstellerin!«

Sie lachte sich noch weiter in die Ecke zurück. »Ich kann nicht schreiben, gar nicht. Ich bin überhaupt absolut talentfrei.«

»Was für ein Urteil! Wie alt bist du denn?«

»Einunddreißig.«

Ich lächelte unter ihre gesenkten Augenlider. »Etwas jung für lebenslänglich ohne mildernde Umstände!«

Sie schottete sich mit leisem Gelächter ab, meine scheue Schöne ohne Eigenschaften und Talente.

Die Zacke durchquerte auf Balkonhöhe die Häuserblocks, kreuzte die Liststraße und ratterte, sich Zahn um Zahn gegen den Rückwärtsdrall anbeißend, an die erste Haltestelle. Hier am Fuß der Alten Weinsteige schalteten andere Radfahrer als der, der drüben saß, gewöhnlich aufs kleinste Ritzel, und wer ausstieg, musste bergfest in den Knien und Knöcheln sein, sonst trieb es ihn sogleich den Hang hinab.

In den Taschen klirrten die Flaschen, als die Bahn wieder anruckte. Friederikes Blick traf erneut meinen, sie hatte eine Augenbraue amüsiert hochgezogen. Mit dem Spürsinn einer Katholikin für das, was andere Böses denken mochten, stellte die Alte unverzüglich klar: »Das ist net für mich. Ich trink ja nix. Höchstens mal ein Gläsle zum Essen, weil zu einem kultivierten Essen gehört einfach ein guter Wein. Und mein Mann, der sollte ja eigentlich auch nix trinken, wegen seiner Leber. Das hat der Arzt gesagt, und seitdem geht er nicht mehr hin.«

Friederike runzelte die Stirn.

»Man sagt ja immer, wir Damen seien eitel, dabei flunkern wir höchstens ein bissle mit unserem Alter. Und das tät alles nix nützen, wenn wir nicht auch was dafür täten, dass man es uns nicht ansieht, gell? Wissen Sie, wie alt ich bin?«

Friederike stolperte über ihre Ehrlichkeit und schwieg lieber.

»Siebzig«, sagte ich. Gefahr bestand nicht, sie zu beleidigen, denn ihr Alter brachte eine Dame, die nie unter drei Gängen speiste, nur dann ins Spiel, wenn sie es als Errungenschaft verkaufen konnte.

»Ich bin zweiundachtzig!«

»Oh, das hätte ich nicht gedacht. Niemals!«

»Sehen Sie! Ihr Männer wollt halt betrogen werden, gell? Natürlich habe ich meinem Mann auch nicht gleich gesagt, wie alt ich bin. Er ist ein Künstler, ein Augenmensch. Maler! Er war fünfzig, als wir uns kennenlernten, das Leben ein einziges Fest, eine Orgie …« Sie lachte sich in schaurig-schöne Erinnerungen hinein. »Wenn er nur nicht gemeint hätte, er hätte die ewige Jugend und es könnte ewig so weitergehen mit Saus und Braus …«

Ich griff schon mal nach meiner Tasche, denn die Bahn zackte sich bereits in sanftem Bogen von der linken Straßenseite weg durch eine Schlucht noch winterlich kahlen Gestrüpps.

»… und mit den Damen. Als hätte er's mir unbedingt unter die Nase reiben müssen, dass er zwanzig Jahre jünger ist als ich. Aber der Alkohol, der ist ein Teufel und holt sich, was ihm gehört. Ein Künstler, der braucht das, hat mein Mann immer gesagt. Schmierstoff für die Kunst. Ja, wär nur der Alkohol nicht gewesen, wir hätten es so gemütlich haben können!«

In Friederikes Augen stand der Alarm bereits Unterkante Oberlid. Auch mir war nicht entgangen, dass die Alte ins Tempus der verpassten Chancen gerutscht war.

Die Bahn schob sich diagonal über die Kreuzung des Pfaffenwegs mit der Alten Weinsteige und schwenkte an die Mauern, Garageneinfahrten und Hauseingänge der rechten Seite heran, an der sich bis nach Degerloch hinauf die Villen und Bürgerhäuser mit ihrem Blick über die Stadt türmten.

»Wir müssen aussteigen«, sagte ich.

Die Alte warf einen Blick um sich. »Was, schon?«

Ich langte ihr unter den Arm, denn mit einem Griff an eine der violetten Stangen der Neigung zu trotzen, der die Bahn kaum standhielt, hätte die mageren Handgelenke und die blau geäderten Hände der Alten überfordert. Wenn es schon Friederike und mich unaufhaltsam bergab zog, sowohl in der Bahn als auch draußen auf dem buckligen Fußweg zurück und hinunter zur Kreuzung.

Die Alte bog in den kurzen Teil des Pfaffenwegs, einen Blinddarm ohne Gehsteig mit vielfach geflicktem Asphalt, neuen Garagen und alten Häusern. Seinen Wurmfortsatz fand er in einem hochprozentig steilen Zwitter aus Staffel und Schmalspurpfad hinauf zu den Schrebergärten, die sich am Südhang über Heslach mit einer Weinlage mischten. Kohlmeisen versuchten emsig, den Frühling herbeizuzwitschern an diesem kleinen Ende der Welt. Das Haus, das die Alte von ihrem Klodeckelfabrikanten geerbt hatte, stand hangseitig. In den Rabatten hinter dem Zaun grünten Zwiebelgewächse empor, allerdings noch weit entfernt von österlicher Blüte. Nur ein paar Krokusse zitterten trotzig im Regen.

»Schön«, sagte Friederike, als wir durch den Garten zur Haustür wandelten.

»Aber viel Geschäft«, raunte ich ihr zu, »wenn man das alles putzen muss.«

Das Leben mit vier Männern hatte das Haus vom Entree durch den Flur bis in alle sichtbaren Zimmer vollgemöbelt und die Möbel mit Nippes, Vasen und Fotos überhäuft. Es roch nach Staub, altem Holz, Bohnerwachs und Klostein. Auch die Küche, in die Friederike und ich unsere Taschen schleppten, war weit weniger aufgeräumt, als ich vermutet hätte. Geschirr im Spülstein, gefaltete Küchenhandtücher auf einem Stuhl am Tisch, Gläser und Tassen auf dem klebrigen Wachstuch, Sträußchen, Zeitungen, Körbchen, Werbegeschenke und Krempel, wie er in dem Maß ein Haus eroberte, wie die Kampfkraft der Bewohner nachließ.

Über der Tür hing ein Kruzifix. Darum also war die Alte mir so vertraut gewesen. Katholisch wie meine Mutter. Und wenn es nicht mehr gelang, die eigenen Sünden schönzureden, dann rettete man sich in die Beichte. Nur so konnte man drei Ehemänner umbringen.

»Wo ist Ihr Mann?«, fragte Friederike, zum Äußersten entschlossen.

Die Alte blickte sich fast erschrocken um. »Wo wird er sein? Vermutlich oben im Bett. Ich will gleich mal nach ihm schauen.«

Friederike stellte die Tasche auf einem Stuhl ab und folgte ihr. Ich hätte mich gern gedrückt, musste mich aber verpflichtet fühlen, meine Schöne in diesem Haus des vielfach entschuldigten Todes zu beschützen. Die Treppe knarrte. An den Wänden hingen abstrakte Gemälde von ungeduldiger und nicht sonderlich begabter Hand. Der Maler lag, bauchig wie ein Strohsack, in einem Ehebett unter Dürers betenden Händen aus Holz. Er hatte die Augen geschlossen, war weiß wie die Laken und atmete kurz und schwer.

Friederike setzte sich furchtlos auf die Bettkante, fühlte mit der Rückseite ihrer Finger an seiner Schläfe die Temperatur und blickte auf. »Er hat hohes Fieber, glaube ich. Er muss ins Krankenhaus.«

»Aber …« Die Alte blickte bestürzt drein.

»Haben Sie einen Hausarzt?«, erkundigte sich Friederike und stand auf.

»Ja, schon, aber …« Die Alte beugte sich über ihren Mann und rief: »Hallo, Jürgen! Wach auf! Wie geht es dir denn?« Sie blickte uns an. »Es wird doch keine Lungenentzündung sein.«

»Sie müssen sofort Ihren Hausarzt rufen«, drängte Friederike.

»Ja, aber die Nummer«, schusselte die Alte, »die habe ich unten. Außerdem will mein Jürgen doch keinen Arzt sehen. Und er kann fuchsteufelswild werden, glauben Sie mir!«

»Dann rufe ich jetzt den Notarzt!«, drohte Friederike.

Die Alte musterte mit aufgerissenen Äuglein uns Eindringlinge, die ihr die Dinge aus der Hand nahmen, und ergab sich. Wir stiegen die Treppe wieder hinunter. Das Telefon stand in einem Salon mit Klavier, Samtsesseln, dunklen Kommoden und einem Sekretär. Während die Alte unter Friederikes wachsamen Augen in einem grün eingebundenen Telefonbüchlein blätterte, ging ich in die Küche und begann, die Taschen auszuräumen. Das Huhn und das Gemüse tat ich in den nicht sonderlich vollen Kühlschrank, für die drei Flaschen Rotwein und die Flasche Whiskey schaute ich in der Speisekammer nach einem Stellplatz und gesellte sie zu einer halb geleerten Flasche aprikosenfarbenen Mirabellenlikörs.

Was die Alte an Konserven eingelagert hatte, hätte für drei Jahre Krieg gereicht. Außerdem stapelte sich in den Regalen jede Menge blechernes und gläsernes Gerümpel von Kuchenformen und Jenaer Glas bis zu Sieben, Reiben, Milcheimern, Spätzlespressen und Petroleumlampen. Unten standen die Haushaltsgifte. Kalkfresser, Schimmelkiller, Spiritus, Sanitärdesinfizierer: Bei Augenkontakt mit klarem Wasser ausspülen, den Arzt aufsuchen.

»Was suchen Sie denn da?«, stach die Stimme der Alten mich von hinten.

Ich drehte mich um. »Ich habe die Weinflaschen hier reingestellt. War das verkehrt?«

Sie musterte die Flaschenbatterie. In ihren Augen glitzerte ein Misstrauen, das mich bewog, in die tieferen Schichten der Intuition abzutauchen, wo Zusammenhänge schneller zusammengebaut wurden. Meine Hand griff nach der Flasche Mirabellenlikör. »Was ist das eigentlich für ein Gift?«

»Das weiß ich nicht«, sagte die Alte schroff. »Das hat mein Mann mal von einer Reise mitgebracht. Er trinkt ja alles, wo Alkohol drin ist.« Damit drehte sie sich um und verschwand aus der Speisekammertür.

Ich trug die Flasche hinaus in die Küche und stellte sie auf den Tisch.

»Der Arzt kommt gleich«, informierte mich Friederike mit einem verwunderten Blick auf das giftgelbe Gesöff mit dem bunten Etikett eines touristischen Mitbringsels aus einer privaten Allgäuer Brennerei.

»Wenn Sie mal probieren wollen …«, sagte die Alte mit einem wuseligen Blick. Sie holte zwei Gläschen aus dem Geschirrschrank und stellte sie auf das Wachstuch.

»Ich nicht, danke«, sagte Friederike.

Ich schraubte die Flasche auf und ließ die orangegelbe Flüssigkeit von öliger Konsistenz ins Gläschen rinnen. Ein chemisch aufgepeppter Fruchtgeruch verbreitete sich. Ich hob das Glas und erschnüffelte einen Hauch von Alkohol.

»Nein!«, schrie Friederike plötzlich, sprang auf mich zu und stoppte meine Hand, entschlossen, mir das Leben zu retten in diesem Haus, in dem alle Männer an dem gestorben waren, was die Hausherrin aufgetischt hatte.

»Ist er nicht mehr gut?«, fragte die Alte, langte nach der Flasche und schnüffelte daran. »Dann weg damit! Der Jürgen wird's nicht mehr vermissen.« Unverzüglich begann sie, den Inhalt in den Spülstein zu gießen. Das orangefarbene Zeug ölte über das Email dem Ausguss zu.

»Moment«, sagte ich und drehte der Alten die Flasche aus der Hand, was, obgleich sie festhielt, kein Unterfangen war, wofür ich Kraft brauchte.

Friederike zuckte angesichts des kleinen Handgemenges zusammen, die Scheue, die so leicht erschrak, wenn es konkret wurde. Sie kam mir aber sogleich zu Hilfe, langte nach der nun bis auf ein Viertel geleerten Flasche, wechselte sie von der einen in die andere Hand, stellte sie auf den Tisch zurück und spürte mit zusammengezogenen Brauen dem Ölfilm nach, der sich zwischen Daumen und Zeigefinger gebildet hatte.

»Was fällt Ihnen ein?« Der Blick der Alten bohrte sich mit Widerhaken in mein Gesicht. »So eine Frechheit! Wo bleibt der Respekt?« Ihre windschiefe Gestalt straffte sich und mit unvermuteter Kraft in der Stimme, mit der sie einst ihre Männer getadelt haben mochte, weil sie sich bei der Suppe aufstützten, bei der Vorspeise vom Brötchen abbissen oder den Kartoffelsalat nicht in den Kühlschrank zurückstellten, sagte sie: »Also vielen Dank auch, dass Sie mir tragen geholfen haben, aber wenn Sie jetzt bitte mein Haus verlassen würden.«

»Gleich«, beschwichtigte ich und zog mein Feuerzeug aus dem Jackett, ließ die Flamme springen und näherte sie dem Gläschen auf dem Tisch. Der Alkohol fing sofort Feuer und flackerte bläulich, doch gleich darauf übernahm eine stetige und starke gelbe Flamme, aus deren oberen Zacken schwarzer Rauch gen Decke rußte.

»Öl!«, sagte ich. »Das ist Lampenöl. Ein Schluck davon, im

Irrtum genommen, es sei Likör, ist tödlich. Vor allem, wenn man husten muss. Das Öl rinnt unweigerlich durch den Kehlkopf in die Lunge und zerstört sie. Und dann gibt es keinerlei Rettung mehr.«

Friederike wurde blass. Gerade eben erst hatte sie mir das Leben gerettet, unter dem Eindruck einer hypothetisch mörderischen Atmosphäre, nun gab es plötzlich den ersten Beweis. Wer Lampenöl in eine Likörflasche goss und mit Alkohol würzte, wollte einen Säufer umbringen, der, wenn er auf dem Trockenen saß, alles probierte, was nach Alkohol roch. Wir hatten der Alten ins Haus getragen, womit sie die Tat kaschieren wollte. Dem Arzt, der Polizei, jedem, der nachfragte, würde sie zeigen können, dass Wein und Schnaps in der Speisekammer vorhanden waren. Kein Grund also für den Trottel, der da oben unter Dürers betenden Händen starb, Petroleum zu schlucken. Schuld daran hatte sie nicht, oder hätte sie etwa die Haushaltsgifte vor ihrem Mann verstecken sollen wie vor einem Kind? Den vergifteten Likör würde sie dann allerdings längst weggegossen haben.

»Lassen Sie das!«, fuhr die Alte auf uns zu. »Sie stecken mir ja das Haus in Brand!« Mit einer halb gezielten, halb unkontrolliert fahrigen Bewegung stieß sie die Flasche um.

Ich schubste Friederike zur Küchentür zurück.

Die Flasche fiel über das brennende Gläschen. Das kippte. Rasend schnell tanzte das Feuer über das Wachstuch, eroberte die Zeitungen und tropfte mit dem Öl zu Boden und in den Stapel gefalteter Küchenhandtücher auf dem Stuhl. Sekunden später leckten die Flammen an den Füßen der Alten, züngelten ihre Beine hinauf und schnappten nach ihrem Rock. Im nächsten Moment brannte die halbe Küche.

Ich packte die Alte, zerrte sie aus der Küche, legte mit ihr Feuer im Flur und im Salon, riss vom Sofa eine Decke und warf sie über sie. Dann nahm ich sie hoch – sie war leicht wie ein Vogel – und trug sie hinaus, während hinter uns der Teppich und der Wohnzimmerplüsch Feuer fingen.

»Aber der Mann!«, rief Friederike.

Keine Chance. »Der wäre zu schwer für uns. Und Rettung gibt es für ihn ohnehin nicht mehr.«

Ich legte die Alte draußen in den Regen zwischen die Krokusse. Da atmete sie schon nicht mehr. Der Tod hatte aus dem kleinen faltigen Gesicht alle Eigenschaften gelöscht. Es schwieg. Es verriet nichts mehr über den biblischen Vesperbrettzorn eines Geistes, der es verstanden hatte, den Zufall zu manipulieren, damit die Männer in diesem Haus sich durch ihre eigenen Schwächen richteten. Gelöst und verloschen waren die Gesichtszüge der Henkerin des Grundsatzes: Kleine Sünden straft nur der Herr sofort.

Ich bedeckte sie mit meinem Trenchcoat und stand auf, um meine zitternde Friederike in den Arm zu nehmen und auf die Straße zu führen, auf der sich Anwohner versammelten.

»Wenn die Polizei fragt«, wisperte ich ihr zu, die sich nach einem ersten Zurückzucken unter meine Fittiche schmiegte, »dann kein Wort über Pilzvergiftungen und Salmonellen und Mord an vier Männern. Wir haben ihr nur die Taschen reingetragen und sind dann wieder rausgegangen. Als wir zur Zacke gehen wollten, haben wir Feuer bemerkt und sind zurück. Die Haustür war nur angelehnt. Wir konnten rein und die Alte rausholen.«

Ich würde der Aufrichtigen die Lüge später erklären, beim Tee in ihrer Wohnung oder beim Kaffee in meiner. Dass nämlich gegen Tote nicht ermittelt wurde und wir nur unnötig Verwirrung geschaffen hätten mit der Geschichte vierer mörderischer Arrangements, die eine verwirrte Alte uns in der Stadtbahn erzählt hatte. Später am Abend würde ich, oder würden wir gemeinsam, Friederikes frappierendes Talent entdecken, den Menschen ihre Geschichten zu entlocken, und zwar die wahren und banalen hinter den Lügen, mit denen man sich so gern maskierte, auch ich.

Als die Feuerwehr anrückte, stand bereits das ganze Untergeschoss in Flammen. Der Notarzt stellte den Tod der Alten fest: Herzschlag. Auch der Mann im Obergeschoss atmete nicht mehr: Rauchvergiftung, dem ersten Augenschein nach. Die Nachbarn bedeckten die Münder mit den Händen und schüttelten die Köpfe. Vom Sehen hatte man die Alte gekannt. Urgestein am kleinen Ende der Welt. Sie war die letzte ihrer Generation, die aus dieser Sackgasse herausstarb. Söhne und Töchter würden erben. »Hoffentlich zahlt die Versicherung auch!«

In der Presse war später von einer Tragödie die Rede, aber Friederike und ich beschlossen, dass es eine Gnade gewesen war für eine Mörderin und ihren letzten Mann.

Lehmann über *Das Vesperbrett*:
Bei einem Dreh mit dem SWR-Fernsehen erklärte mir eine Tontechnikern, sie habe sich einen Krimi ausgedacht, in dem eine alte Frau ihre Männer jeweils bei einem feinen Essen umbringt, sie könne ihn aber nicht schreiben, sie sei talentfrei. Ich fragte sie, ob sie mir die Idee für einen Kurzkrimi schenke, und sie schenkte sie mir. Allerdings könnte es sein, dass sie nun mit dem Ergebnis nicht zufrieden ist, denn ich habe nie wieder etwas von ihr gehört. (Zuerst erschienen in: *Tödlichs Blechle*, Ariadne 2006)

Kriminelle Heimat

Christine Lehmann

»Es sind nicht nur die Figuren, die Lehmanns Krimis haushoch aus den Niederungen der deutschen Kriminalliteratur hervorstehen lassen. Wunderbar geformte Bilder aus der Wirklichkeit, literarischer Realismus verdichtet in wenigen Worten: witzige und kunstvolle Krimis mit Klassikerqualitäten.« *krimiblog.de*

Vergeltung am Degerloch

Nerz 1 · Ariadne Krimi 1165 · ISBN 978-3-88619-895-5

Junge Frau erschlägt jungen Mann auf Stuttgarts nächtlichen Straßen. Beziehungskrach? Missverständnis? Oder steckt mehr dahinter? Erster Auftritt der Journalistin Lisa Nerz, großspurig, narbengesichtig und sexuell hemmungslos.

Gaisburger Schlachthof

Nerz 2 · Ariadne Krimi 1167 · ISBN 978-3-88619-897-9

Lisa Nerz ermittelt im Fitnessstudio und stößt auf durchtrainierte Kriminelle, mysteriöse Drogen, einen geheimnisvollen Staatsanwalt, Leichen und Wirtschaftsbetrug.

Pferdekuss

Nerz 3 · Ariadne Krimi 1171 · ISBN 978-3-88619-171-8

Eine Zucht Vollblut-Araber ist ein Vermögen wert – aber wer hat dafür getötet? Lisa Nerz, die Witwe des einstigen Thronfolgers, kennt die zerstrittene Familie, in der einige Leute das stärkste Motiv der Kriminalgeschichte haben: Gier …

Harte Schule

Nerz 4 · Ariadne Krimi 1157 · ISBN 978-3-88619-887-0

Lisa Nerz recherchiert zum Tod eines Lehrers. Prompt pfeift ihr Chef sie zurück. Doch so leicht lässt Nerz sich nicht ausbremsen. Sie befragt Schüler, eckt im Lehrerkollegium an und schnüffelt trotzdem weiter …

Kriminelle Heimat

Christine Lehmann

»Einsam, aufsässig und notorisch respektlos – Lisa Nerz ist ein klarer Fall von *hard-boiled woman*. Lehmann erzählt sarkastisch, unsentimental und dennoch einfühlsam.« *Konkret*

»Christine Lehmann schreibt mit Herz und, eine Rarität im D-Krimi, (Wort-)Witz.« Tobias Gohlis, *Die Zeit*

»Lehmann ist den meisten deutschen Krimischreibern stilistisch haushoch überlegen. Man kann sich diesen Sound nicht antrainieren. Bei Lehmann beruht er auf Menschenkenntnis, Lebenserfahrung, Selbstironie und Belesenheit.« *Perlentaucher*

»Eine provokante, schnoddrige, nie slangprotzige Sprache ... Lehmann lässt ihre Heldin weder ihre Gewöhn-dich-dran-Manieren noch ihr Rempelmaul zügeln. Gerade dass es uns nicht recht gemacht werden soll, bindet uns an die Figur.« *Stuttgarter Zeitung*

Höhlenangst

Nerz 5 · Ariadne Krimi 1161 · ISBN 978-3-88619-891-7

Dunkel sind die Höhlen der Schwäbischen Alb. Doch das kann Lisa Nerz nicht schrecken – wenn Gerüchte von Mord und Korruption umgehen, steckt sie ihre Nase auch ins finsterste Fledermausnest. Auf der Suche nach einem Staatsanwalt, einer Leiche, die eben noch da war, und ein bisschen Liebe nimmt Lisa Nerz waghalsige Klettertouren auf sich und entreißt dem unterirdischen Labyrinth die Wahrheit.

Allmachtsdackel

Nerz 6 · Ariadne Krimi 1169 · ISBN 978-3-88619-899-3

»Ganz stark! Ein Kommentar zur globalen Situation, situiert im Schwabenland. Christine Lehmann kann das, souverän und überzeugend.« Thomas Wörtche, *kaliber38*

»Lehmanns Schwaben-Western: Rinder, Söhne, Pietisten. Do legscht di nieder!« Tobias Gohlis, *arte/Krimiwelt Bestenliste*

Kriminelle Heimat

Christine Lehmann

»Um eine Figur wie Lisa Nerz glaubwürdig zu gestalten, muss eine Autorin schon was können. Und tatsächlich kann Christine Lehmann viel mehr. Das hat so viel Tempo, und die Figuren sind so liebevoll charakterisiert, da verbinden sich dynamischer Vorwärtsdrang und fortgesetzte Seitwärtsbewegung zu einer durchweg unterhaltsamen Provinzinvestigation. Mehr davon!« Ekkehard Knörer, *Perlentaucher*

»Lehmann kann das, souverän und überzeugend!« Thomas Wörtche

Nachtkrater

Nerz 7 · Ariadne Krimi 1173 · ISBN 978-3-86754-173-2

Als Lisa Nerz zu sich kommt, ist sie nicht mehr am Bodensee, wo sie eben noch mit Richard Weber Spargel aß. Sie ist nicht mal mehr auf der Erde – sondern unterwegs zur Mondstation Artemis! Was soll sie hier? Ist das die Strafe, weil sie schon wieder einen Mord gewittert hat?

»Witzig. Fulminant. Ultralunar.« T. Gohlis, *arte/Krimiwelt Bestenliste*

»Am Ende haben wir uns derart gut amüsiert, dass wir ein schweres Problem aus den Augen verloren haben: Gibt es überhaupt eine Forschungsstation auf dem Mond?« Th. Wörtche, *DeutschlandRadio Kultur*

Mit Teufelsg'walt

Nerz 8 · Ariadne Krimi 1179 · ISBN 978-3-86754-179-4

In ihrem achten Fall stößt Lisa Nerz auf blinde Flecken im deutschen Sorgerecht, entdeckt ungeahnte Eigenschaften bei Staatsanwalt Richard Weber und bringt sich in Teufels Küche.

»Ein gelungenes Lesevergnügen, das grundsätzliche Fragen nach Recht und Unrecht in Sachen Kindeserziehung stellt. Allerdings wird diese ernsthafte Volte durch die bunten Charaktere aufgelockert und der mitreißend-ironische Stil zieht den Leser so in seinen Bann, dass man das Buch nur ungern weglegen möchte – auch wenn dies dem Kindeswohl dienen würde.« Stefan Schweizer, *literaturkritik.de*

Kriminelles Handwerk

Christine Lehmann & Manfred Büttner

Leichen, Kripo, Asservaten … Wie genau verläuft eigentlich eine Obduktion? Wer stellt Haftbefehle aus? Wofür ist eine Staatsanwältin zuständig? Welches Gift wirkt wie? Antworten auf solche und viele weitere Fragen liefert dieses aktuelle Handbuch für Schreibende und Wissbegierige.

Von Arsen bis Zielfahndung

Das aktuelle Handbuch für Krimiautorinnen und Neugierige

Ariadne[Leit]Faden · ISBN 978-3-88619-720-0

»Eine Krimiautorin und ein Steuerfahnder schreiben ein Buch. Na, das kann ja was werden, denkt sich da der brave Bürger … Für Autoren ergeben sich ganz neue Ansätze, und für den Krimifreund ist es urkomisch, so manchen Fernsehkrimi scheibchenweise zerlegen zu können, weil die Handlung einfach dilettantisch ist. Was wir tagtäglich an Storys vorgesetzt bekommen, inklusive dem obligatorischen Samstagabend-Krimi, ist der reinste Unfug. Die Morde hätten sich niemals so abspielen können, die Ermittler würden nie so vorgehen, Harry holt nicht den Wagen und Derrick ist kein Oberinspektor.« Gerhard Zirkel, *Der-Buchleser.de*

»Je größer die Gewalt, desto kleiner die Blutstropfen: Ja, so kann man einen hochintelligenten Ratgeber schreiben! Vergnüglich zu lesen ist er außerdem … Alle KrimiautorInnen, die Ermittlerkrimis schreiben, sollten dieses Buch im Regal stehen haben. Und die anderen auch. Frei nach dem Motto: Krimiautoren können sachliche Fehler machen, aber sie müssen nicht.« Christiane Geldmacher, *literaturwelt.de*

»Morbiden Charme hat es, wenn Lehmann und Büttner beschreiben, wie eine Wasserleiche korrekt aussieht – und dass sie niemals mit dem Gesicht nach oben schwimmt. Oder welches Mordwerkzeug wie wirkt und welche Spuren es auf dem einzuschlagenden Schädel hinterlässt. So ist das Buch nicht nur ein Nachschlagewerk für angehende Autoren, sondern auch eine amüsante Fibel für alle, die etwas über Mord und Totschlag wissen wollen. Hier hat es endlich mal jemand verständlich und umfassend aufgeschrieben.« Gudrun Walke, *Pfälzischer Merkur*

Kriminelle Heimat

Monika Geier

»Monika Geier gilt schon seit langem als großes Talent unter den jüngeren deutschen Krimautorinnen. Jetzt, in ihrem fünften Roman mit Bettina Boll, der alleinerziehenden Mutter und kriminalistischen Halbtagskraft, hat sie ihren Sound zur Vollendung gebracht. Geier plündert die Kolportage-Elemente, die sich in der Krimiliteratur von Umberto Eco bis Dan Brown, von Agatha Christie bis Mo Hayder angesammelt haben, mischt sie ordentlich durch und macht Nouvelle Cuisine daraus, mal deftig, mal subtil, aber immer aufregend, abwechslungsreich und auf höchstem Niveau, dabei mit einem hinterhältig neckischen Witz.« Tobias Gohlis auf *arte.tv*

Die Herzen aller Mädchen

Ariadne Krimi 1184 · ISBN 978-3-86754-184-8

Gregor Krampe, Mittelalter-Experte, hat für Medienrummel wenig übrig. Als Talkshowgast vor laufender Kamera mit dem angeblichen Vorleben seines Vaters konfrontiert zu werden, entspricht so gar nicht seiner Vorstellung von seriöser Unterhaltung. Aber seriös war sein Vater ja noch nie …

Kriminalkommissarin Bettina Boll ist bloß eine Halbtagskraft mit zwei Kindern. Doch da kommt unverhofft ihre große Chance: Die Einsatzleiterin des BKA will sie bei einer Aufsehen erregenden Ermittlung dabeihaben. Es geht um ein geheimnisvolles Buch – und einen Mordversuch. Verdächtigt wird der Sohn des Opfers, ein melancholischer Kettenraucher, den Bettina aus dem Fernsehen kennt. Sie soll ihn anzapfen, aber der Kerl interessiert sich nur für staubige alte Wälzer. Seltsam ist allerdings, dass ihn offenbar noch jemand beschattet. Was steckt wirklich hinter all der Aufregung um eine Ausgabe mittelalterlicher Psalmen?

»Sprachlich raffiniert, formal interessant, exakt dosiert witzig, toll geplottet: Monika Geier ist eine versierte Stilistin und hierzulande eine der Besten des Geschäfts.« Ulrich Noller, *Deutsche Welle*

Kriminelle Heimat

Dagmar Scharsich

»Von erstaunlicher schriftstellerischer Meisterschaft und umwerfend originell.« *Stiftung Lesen*

Der grüne Chinese

Ariadne Krimi 1180 · ISBN 978-3-86754-180-0

Marie Baer ist Antiquarin in Berlin Mitte. Kiezbewohner gehen bei ihr ein und aus; sie kauft, verkauft und unterhält Touristen mit Anekdoten. Eines Tages bekommt sie ein paar uralte Romanhefte angeboten: Wanda von Brannburg, Deutschlands Meisterdetectivin. Eine weibliche Heldin in einer Groschenheft-Serie aus der Kaiserzeit? Da gab es doch noch gar keine Detektivinnen! Aber das Manuskript, das Marie dann in die Hände fällt, ist von 1909 und anscheinend das Tagebuch einer jungen Baronesse, die in einen hochdramatischen Polit-Thriller verstrickt wird. Ist Wanda eine literarische Figur, oder hat sie wirklich gelebt?

In Dagmar Scharsichs filigranem Zwei-Zeiten-Roman sieht man förmlich, wie der erste Zeppelin über der Hauptstadt kreist: ein kriminell-berauschendes Sittenbild des alten und neuen Berlin.

Die gefrorene Charlotte

ariadne classic 011 · ISBN 978-3-86754-011-7

Berlin, August 1989, die letzten Wochen der DDR. Die stille Cora bekommt zum 30. Geburtstag sechs Gefrorene Charlotten, zarte Porzellanwesen aus Tantes kostbarer Puppensammlung. Dann plötzlich droht Pfändung, Cora trifft einen Antiquitätenexperten – ein Mord geschieht! Zugleich spitzt sich ringsum die Atmosphäre zu: In Berlin wächst der politische Unmut, bürokratischer Stellungskrieg und Verdächtigungen blühen. Wem kann Cora jetzt noch trauen?

»Ein ›Wendekrimi‹ über Antiquitäten, Stasi, Flucht, DDR-Alltag. Intensive Spannung!« *Sender Freies Berlin*

Kriminelle Heimat

Bohnet Pleitgen

Freitags isst man Fisch

Ariadne Krimi 1177 · ISBN 978-3-86754-177-0

Nikola Rührmann, trinkfeste Physikstudentin und Spezialistin für Stegreif-Zitate, will unbedingt die schöne Julia beeindrucken. Nur deshalb verpflichtet sie sich, den Tod des Kommilitonen Kai aufzuklären. Wozu kennt sie Leute wie Asphalt-Wilfried und Taxi-Christian, die stets das Ohr am Puls der Stadt haben?

Tatsächlich stöbert Nikola eine Fährte auf, der zu folgen sich lohnt. Doch unversehens ist ihr Hauptverdächtiger eine Leiche, und Nikolas unbedachte Schnüffeleien tragen übelriechende Früchte …

Der rasante Kriminalroman spielt im Sommer 1989 in Hamburg. Spritzig, noir und ein bisschen amourös erfasst er den lebendigen Puls der großen Hafenstadt und ihrer so vielfältigen Milieus.

»Hamburg, Hausbesetzung, Hafenstraße. In ihrem Krimi-Debüt liefern Ilja Bohnet und Ann-Monika Pleitgen ein sinnlich-buntes Kaleidoskop der Hansestadt am Vorabend des Mauerfalls … Ein Zeitbild, so prall und faszinierend, dass man gar nicht genug davon bekommen kann. Nikola Rührmann ist ein bisschen Lena Odenthal und manchmal etwas Lisbeth Salander. Und mit ihrem ersten Auftritt ist es wie mit der Liebe auf den ersten Blick – man ist hin und weg und ganz und gar bezaubert …« Reinhard Jahn, *Focus online Mordkommission*

Bohnet Pleitgen steht für das AutorInnengespann Ann-Monika Pleitgen und Ilja Bohnet, seit knapp vierzig Jahren Mutter und Sohn. Ihre Kriminalromane schreiben sie gemeinsam, wobei sie gelegentlich die Rollen tauschen. Weitere Nikola-Rührmann-Krimis folgen bald.